詭軼紀事
參
萬聖鐮血夜
記錄詭譎散軼的靈異故事之書
Div（另一種聲音）、星子、
龍雲、笭菁——著

目錄

（※本故事內容純屬虛構，如有雷同，純屬巧合。）

第一篇——萬聖 不存在的小朋友——Div（另一種聲音）

前言

她的名字叫做樂姨，年紀五十二歲，育有一男一女，他們家最近不太平靜，先是二十二歲的兒子小龍，清明節時在舊墳區撿到命案手機，被凶手盯上差點喪命，然後是二十歲的女兒小嵐，陪同學調查頂樓的怪奇異音，差點成爲下一具屍體。

這一切，都從小叔公託夢給她婆婆開始。

小叔公生前似乎懂得一些祕宗道法，死後被葬在舊墳區，有天他託夢給自己的嫂子，也就是樂姨的婆婆，從此樂姨一家便捲入一個個的離奇事件中。

然而，詭異事件並沒有停止，有如暗巷中冰冷的影子，隨著月光緩緩移動，而這一次，它流動到的地方，正是樂姨的腳下。

靈異事件，如同尚未被雪淨的冤情，化成深沉的惡夢，再次登場。

1. 不存在的小朋友

樂姨在一間頗有歷史的幼稚園任教，園內分幼幼班、小班、中班，以及大班四種班級，年齡層從三歲到七歲，共有一百六十幾名學生。

樂姨教的是大班，約莫五年的資歷，因爲她生性開朗，對待小孩嚴格中有著如媽媽般的溫柔，所以頗得小孩們喜愛。

樂姨對幼兒園的環境並沒有太大意見，畢竟她天生就喜歡小孩，隨遇而安的她也不太會與人爲惡，在任何環境都能處之泰然。

不過，樂姨最近卻有了煩惱。

那個煩惱，來自她班上的一個學生，叫做小麥。

因爲小麥說，他總是在班上看見一個同學，名叫空空。

而樂姨班上，壓根就沒有空空這個人。

就是這一天，天氣微涼，正是時序進入秋天，幼兒園開始爲十月的大活動萬聖節做準備的前夕。

小麥突然拉住樂姨的衣袖，低聲對她說，「樂姨老師，我和妳說一個祕密，妳不要和別人說喔。」

「什麼祕密？」

「我們班上，有一個新同學喔。」

「啥？有一個新同學，我怎麼不知道？」

「有啊，他前兩天出現的，就站在教室的最後面，一直看著我們上課。」小麥說，「而昨天，他和我說話了，他說他叫空空。」

「嗯。」樂姨遲疑，她知道這年紀的小朋友，很常出現『想像中的朋友』，小麥口中的空空，也是這樣的角色嗎？「那你們玩了什麼呢？」

「他和我一起玩車車，他好會玩喔，我以為車子只能在地上走，但他卻能讓車子爬上天花板。」

「天花板啊……」樂姨摸了摸小麥的頭，她決定暫時把空空當成小麥的幻想，不去戳破。「那他還對你說什麼呢？」

「他說，他會一直陪著我們。」小麥表情天真，「一直到萬聖節到來。」

樂姨一開始並沒有把小麥的話放在心上，畢竟幼兒園的三大活動——萬聖節、聖誕節、畢業季，其中萬聖節再一個多禮拜就要到了，幼兒園很多地方要裝飾，很多活動也要演練，而且，就在最近……幼兒園還有著一個巨大改變。

那就是幼兒園的擁有者，老園長，生病了。

而園長生病的這段時間，有人來暫代他的職務，甚至有可能將來直接成爲園長。

那人是園長的女兒，萱姐，今年四十歲左右，也是一名幼兒教育者。

萱姐和園長在外貌上有幾分相似，都是高眺纖瘦的身材，說話都是彬彬有禮，只是萱姐年輕，帶著新官上任三把火的氣勢，想要把這次的萬聖節活動弄大，弄得更熱鬧！

如同是校務會議上，萱姐對所有老師與行政人員所說的。

「近年來少子化問題嚴重，我們私校的招生越來越不容易，當然也越來越難生存。」萱姐說，「不像公立學校收費低廉，許多父母漏夜排隊都要讓小孩報名。」

少子化？招生不易？這些確實是私立幼兒園近年的最大問題。

「像是隔壁鄉鎮上個月才關了一家私立幼兒園，離市區較遠的一家幼兒園也搖搖欲墜，應該撐不過年底。」萱姐說，「我們這間幼兒園，憑什麼繼續立足下去？」

「憑著我們的師資與好口碑？」某位老師開口。

「對，但競爭如此激烈，只有這樣已經不夠了。」萱姐笑了起來。「我們既然是私立幼兒園，要與公立幼兒園競爭，我們只能從更豐富的活動下手，讓小孩們有更好的體驗，更要讓他們提前學習，一上國小就名列前茅。」

聽到這兒，樂姨大概就懂了。

這位萱姐想做更多的事，想要打造出附近最厲害的幼兒園，這就是典型的年輕執政者的熱情。

而這份熱情，即將化成炙熱的火焰，燒向眼前第一個節日，萬聖節！

不過，就算樂姨很忙，這令她擔心的事情，並沒有因此而停止發展。

只是，這一次來找她的同學，已經不是小麥了。

「樂姨老師，」這小女孩叫做摩摩，她是典型的好學生，帶著髮箍留著公主頭長髮，總能輕易理解老師指令。「我想和妳說一件事……」

看見摩摩如此支支吾吾的樣子，樂姨立馬蹲了下來，讓自己的視線與摩摩等高。「怎麼啦？」

「我，我們班，多了一個學生。」

「啊？」樂姨腦海中立刻浮現小麥說的話。「怎麼說？」

「他有時候會站在教室的最後面，有時候會站在窗戶邊，但是他的眼睛，都一直看著我們。」

「是嗎？」樂姨回憶一整天的課程，有這樣的小孩嗎？

「對啊，我發現他時，忍不住一直看著他，不知道爲什麼，我覺得心裡怕怕的。」摩摩縮了縮脖子，「然後，他發現我在看他了。」

「然後呢？」

「他對我笑了一下，下一節課，他就突然出現在我的面前。」

「啊？」

「我不知道他怎麼出現的，但他就出現在我的面前，還對我說，」摩摩說，「他叫做空空。」

「空空……」樂姨感覺到背部起了一點雞皮疙瘩，因爲，空空這名字竟然和小麥的一模一樣!?

如果他們看到同一個人，那空空就不會是小麥的『幻想中的好朋友』！那空空是什麼？

「除了名字，你們還說了什麼嗎？」

「有，」摩摩遲疑了一下，「他看見我在玩洋娃娃，他說洋娃娃是學著人的樣子做的，他很懂人的身體。」

「人的身體？」

「人的肚子裡面是胃，胸口裡面是肺，左胸口是心臟。」

「嗯，他沒說錯。」

「但我不喜歡他接下來說的，」摩摩皺起眉頭，一副要哭出來的樣子。「他說，如果用力朝肚子一擠，這些東西就會從嘴巴裡面跑出來。」

「啊？」樂姨一愣，好可怕的講法。

「我不喜歡他這樣說，我叫他離開。」摩摩說。

「那他怎麼說？」

「他說他會待到萬聖節。」摩摩說。「萬聖節那一天，他會帶著他想帶的人，一起離開。」

這一天晚上，樂姨回到家，家裡小嵐正在看電視，電視上正播著她們共通的興趣，凶殺懸疑劇。

看看凶殺案，確實可以抒解一下樂姨最近疲憊緊繃的心情。

「媽，最近很累喔？」小嵐把臉湊了過來，摸摸樂姨有點困頓的臉頰。

「有啊，來幫媽媽按摩一下。」

「得加零用錢。」

「喂——」

「好啦，媽，開玩笑的。」小嵐跳到樂姨的背後，開始使出渾身解數替樂姨按壓肩膀。

「嗯，舒服。」樂姨舒服的吐口氣，看著懸疑劇，女兒在背後按摩，確實是人間享受，煩惱都忘了。

「媽，妳在煩惱什麼呢？」

「最近幼兒園來了新的園長囉，想大大辦一場萬聖節活動，整天都在弄東西，有點累。」樂姨閉上眼，小嵐的按摩讓她舒服得想睡。「萬聖節要裝扮，到時候連我都要化妝，我還沒想到要畫什麼？」

「埃及豔后怎麼樣？」

「埃及豔后？」

「埃及豔后乍看之下裝飾很多，尤其是那一大圈頭飾，看起來很麻煩，其實不然，因爲只要拿短褲貼上金色的貼紙，就會長得很像了。」小嵐鬼點子頗多。

「欸，不錯喔。」

「不過妳手上還是得穿金戴銀一下，所以媽媽妳到時候得穿上一些手環腳飾。」小嵐說。

「這倒是沒問題，之前跳土風舞的時候那些東西很多，啊對了，上次是不是借妳小叔公的那個腳鍊？」

「對對，我等一下拿來還妳。」小嵐想起那個腳鍊，吐了吐舌頭，「那腳鍊保護過我，一定是好東西，戴著準沒錯。」

「嗯。」樂姨閉著眼，「其實煩惱不只萬聖節活動喔。」

「那還有什麼呢？」

「還有，我們班的小朋友，開始看到一些不存在的同學。」

「眞的？」小嵐問。「小朋友不是很常這樣嗎？」

「嗯，但這次有點怪，兩個小朋友都看到相同的人，而且其中一個還是很乖的女生。」樂姨自言自語。「明天啊，我會去問問其他老師，有沒有其他的線索。」

「嗯對啊，參考其他老師的意見也不錯。」

「嗯。」樂姨鬆了口氣，同時間，背後的按摩停了，小嵐伸出了手。

「媽，除了按摩費，還有諮商費，我要加零用錢。」

「哼。」樂姨眼睛仍閉著。「要加可以，上次妳手機壞掉重買新機的錢，得先還我。」

「媽～～」小嵐大叫。

「呵。」在與小嵐的溫馨互動中，樂姨的眼睛仍閉著，但嘴角已然微微揚起。

第二天，樂姨來到幼兒園，她還沒來得及問其他的老師，下午就發生了另外一件事。

而這一次事件的學生，不是小麥也不是摩摩，而是一個叫做阿胖的男生。

阿胖在班級裡是屬於力氣最大，也最蠻橫，會用武力去欺壓其他同學，有如孩子王的角色。

在下午的時候，他突然發出一聲慘叫，自溜滑梯臉朝地的滑了下來，在滑的過程中，因爲臉不斷摩擦溜滑梯的地板，弄得滿臉血痕。

當他一落地，頓時嚎啕大哭起來，淚水混著血水和泥巴，畫面只有悽慘兩字能形容。

樂姨急忙趕過來關心，並帶著阿胖到保健室擦藥，一旁的小孩們七嘴八舌的說著，「我們沒人推阿胖。」「溜滑梯上只有阿胖一個人。」「阿胖摔下來的姿勢好奇怪。」「他的臉像是被什麼東西壓住一樣往下滑耶，都不會痛嗎？」「而且他溜得好快，難怪整張臉都是血。」

阿胖受傷的方式匪夷所思，連樂姨都感到納悶，先別說阿胖已經在這間幼兒園待了三年，主要是這溜滑梯他早已玩過上千遍，各式各樣的危險的溜法都玩過，坐著溜、躺著溜、站著溜、站著背對著溜、由扶手往下溜，甚至是拉著同學三四個一起從溜滑梯上滾下來。

但，這一次只有一個人，雖然不是坐著溜，就算是趴著溜下來，當臉擦傷感覺痛的時候，只要雙手雙腳一撐，就會停止下滑了，他竟然什麼都沒有做？

就這樣任憑自己滿臉傷痕的掉下來？

到了保健室之後，終於等到阿胖停止嚎啕大哭，他才用他顫抖的雙唇，對樂姨說出了他所遇到的事。

「有人推我。」

「咦？」樂姨疑惑。「可是小朋友說沒有。」

「眞的！是他推我的！」阿胖咬牙切齒，斬釘截鐵。

「誰？」

「是一個沒看過的同學！」阿胖幾乎是用吼叫的，「他不只用力推我，還跟著我一起溜下來，用手一直壓著我的頭，讓我的臉擦著溜滑梯溜下來！」

「沒看過的？」樂姨再次感到背脊滲出涼意。「那你認得出他嗎？」

「我當然認得出！而且他有說他的名字！」

「什麼名字？」

「空空！」

聽到空空這兩個字，這一次，樂姨的背，整個涼透了。

這已經是第三個小朋友看見空空了，而且甚至發生受傷事件，樂姨覺得不該再輕忽這件事，於是白天的課堂一結束，樂姨就去找隔壁班的老師，那老師姓黃，身材微胖，一如鄰家大嬸，她在幼兒園的資歷很長，已經超過二十年。

「黃老師，」樂姨說。「最近我們班發生了一些奇怪的事。」

「奇怪的事？」黃老師看著樂姨，「妳是說，你們班那個胖小子從溜滑梯上滾下來的事嗎？」

「那只是其中之一。」樂姨說。

「其中之一？」

「我們班的同學，最近開始看到一個……不存在的小朋友！」樂姨語氣有些顫抖，「從小麥、摩摩，到受傷的阿胖，他們都說看過那小孩。」

「啊？」黃老師沉吟了一會，「妳知道，兒童心理學中，有提到小朋友們從小都有一個『幻想中的好朋友』。」

「我知道，這是陪伴小孩成長的一個重要虛擬對象，但，那個幻想中的好朋友，應該只存在於個別的小孩心中，不會三個小孩都看到一樣的。」

「恩，這也不是不可能啦。」黃老師笑了一下，「小孩子們彼此之間會互相玩耍啊，也許會向對方炫耀自己的『幻想中的好朋友』，久而久之就會互相影響，這也算是正常的現象。」

「互相影響，所以這是正常的現象嗎？」樂姨皺起眉頭，「可是，連續三個，眞的有一點奇怪。」

「我教學經驗很久了，小孩的怪癖很多的。」黃老師笑了，「有的整天蹲在角落畫圈圈，有的很小就能算加減乘除但卻認不出國字，有的可以同時左手右手寫字畫圖，還完全對稱……小孩就是這樣，都有自己不同的天賦與能力，妳就別放在心上，先觀察一陣子。」

「恩，是嗎？」樂姨雖然仍覺得些許不安，但聽到資深的黃老師這麼說，倒也覺得自己可能有點小題大作了。

「萬聖節快到了，新園長要求又多，難免會累啊，我也是啊，啊，好想放長假喔。」黃老師無奈的笑，「對了，妳剛說妳們班三個學生，都看到同一個小孩，妳怎麼知道是同一個？」

「因爲，他們都說出了那小孩的名字啊。」

「眞有趣，名字會相同啊，肯定是互相影響囉。」黃老師微笑。「那叫什麼名字呢？」

「他叫做，」樂姨說，「空空。」

空空。

而這一剎那，在樂姨沒有注意到的瞬間，黃老師的臉色，突然驟變，變得一片蒼白。

「空空？」

「是啊，我是不確定怎麼寫，但唸起來就是空空。」

「是這樣嗎？」黃老師似乎壓抑著雙手的顫抖。「叫空空？真的叫空空？」

「黃老師，妳還好嗎？」

「我，我還好。」黃老師臉色慘白，笑容有些勉強。「可能是最近弄萬聖節活動，真的累了，所以剛剛有點頭暈。」

「嗯，那不要太勉強，那我也不打擾妳了。」樂姨向黃老師微微鞠躬。「謝謝妳幫我解惑，有問題我再來請教妳。」

「嗯，不會。」

而當樂姨離開了黃老師的班級，這間小孩們已經放學，空蕩蕩的教室中，太陽已經下山，光線一片暗沉，只聽到黃老師一個人的身影，像是在唸咒語般自言自語著。

「南無阿彌陀佛，南無阿彌陀佛，」黃老師雙手合掌，朝著空氣胡亂拜著。「一定是聽錯！一定是湊巧！一定是！南無阿彌陀佛！南無阿彌陀佛！」

2. 二十年前的萬聖節

萬聖節的時間不斷靠近，轉眼已經剩下不到一個禮拜了。

期間樂姨可以感覺到新園長的執著，她不只要求老師們將這萬聖節活動做到最好，還甚至串連了附近的商家，共同舉辦萬聖節搗蛋與送糖果的活動，甚至找來了記者準備進行一次地方性採訪。

當然，記者本身也是頗爲樂意，因爲近幾年來萬聖節已經逐漸成爲台灣年輕一輩重要的節日，除了我們逐漸與西方文化融合之外，也因爲萬聖節以裝鬼爲樂，充滿了惡趣味，新聞的點閱率也因此居高不下。

而樂姨，雖然擔心，但總算在與黃老師閒聊之後，暫時將「另一個小朋友」的事情放在一旁，認眞的布置萬聖節活動。

而這段時間，似乎也聽不到小朋友討論起空空了。不過，倒是有另外一個人突然來找樂姨。

他是幼兒園的工友，人稱老鍾，是幼兒園最資深的人員之一，年紀已經超過六十歲，據說，當幼兒園成立的時候他就在這裡工作了。

但樂姨與這老鍾不算挺熟，因為這老鍾雖然外表看起來宛如透明人般無害，但樂姨老覺得他的形跡透著一股神祕詭異，所以本能的對他保持著距離。

「樂姨。」某天下課，當小朋友都衝去玩遊樂設施，老鍾突然出現在教室裡。

「啊，老鍾。」樂姨看見工友突然出現，著實嚇了一跳。

「我聽黃老師說，」工友有些駝背，所以他眼睛由上往下看著樂姨，那是一雙看似無神、卻又隱隱帶著某種光影的眼睛。「你們班有學生看見『另一個同學』？」

「啊，對啊。」

「啥時開始看見的啊？」

「嗯，大概一週，嗯……兩週前吧？」樂姨說。

「兩週，嗯，十四天，算起來……」老鍾歪著頭，蒼老的臉似乎在默算什麼。

「老鍾，你問這做什麼？」

「雖然我只是工友，還是得關心一下小朋友啊，上次那個阿胖，從溜滑梯受傷後，還好嗎？」老鍾露出笑容，只是樂姨實在感覺不出老鍾的笑容裡，有任何的關心。

「嗯，擦完藥很快就好了，小朋友復原得快，現在只剩下一些疤痕，幾天後就看不到了。」

「是這樣啊，那很好啊。」老鍾再次笑了一下。「樂姨，妳說，那個幻想中的小孩，名字是不是叫做……空空啊？」

「是啊，你怎麼知……啊，是黃老師告訴你的吧？」

「嘿。」老鍾沒有回答這問題，只是又再次露出那皮笑肉不笑的笑容。「算一算，也差不多了，萬聖節，果然是萬聖節啊。」

這時，鐘聲響起，小孩們開始陸陸續續回到教室，而老鍾有些駝背的背影，也跟著轉身，就朝教室外走去。

「老鍾，」樂姨忍不住問，「你，你是不是知道什麼？」

「嘻嘻，我知道什麼？」老鍾的笑聲，莫名其妙的詭異。「我當然知道，萬聖節嘛，就是二十年前的萬聖節啊。」

但此刻，有一半以上的小朋友已經回到了教室，他們帶著剛才下課玩樂的熱度與心情，讓整個教室有如沸騰般吵鬧，更讓樂姨聽不清楚老鍾的聲音。

而老鍾帶著毫無歡愉之意的笑容，轉身，離開了樂姨的班級。

而樂姨，就這樣帶著疑惑，直到第二天下午，事件又再次有了變化。

下午，是所謂的畫畫課。

對幼稚園而言，所謂畫畫課就是每個人發一張圖畫紙，指定一個簡單的題目，讓小朋友發揮創意，畫出自己想畫的圖像，充滿想像力的小孩們，總是能畫出各種有趣的塗鴉。

而這次的題目，是「學校裡最喜歡的一個人或一件事」。

有的小朋友立刻抓起畫筆，埋頭苦幹，彷彿靈感從天而降，必須立刻振筆疾書。

有的小朋友則撓頭抓髮，如同交稿在即但毫無靈感的作者，就差沒把整張稿子吞入口中嚼爛。

有的小朋友則一如往常的發著呆，眼睛望向窗外，從來不知道他的魂魄在哪？

一個多小時的畫畫課，對樂姨來說，是難得的休息時間，因爲小孩們大多專心在自己的畫紙上，只有偶而傳來告狀的聲音。「老師，小另拿我的藍色蠟筆！」「老師，阿D的橡皮擦不還我！」「老師，小五哥偷看我的畫畫！」

而樂姨，則雙手背在背後，優雅的在教室中巡視，不時看一下小朋友畫畫的進度。

此時，樂姨在某個同學的身後停了下來，他是小嚕，小嚕是班上比較沉默的孩子，但他從小就展現與其他同學不同的藝術天分，小嚕的畫中是一個女子，身穿藍色上衣、長裙，身材修長，笑容可掬，樂姨一看就知道，他畫的是誰。

「小嚕，你在畫老師啊？」

「嗯。」小嚕的臉紅紅的。「在學校裡面，我最喜歡老師。」

「謝謝。」樂姨露出開心的笑容。

這樣教室一路走過，樂姨發現班上二十幾個同學之中，就有十個同學以樂姨爲題材，樂姨想到這，也還蠻欣慰的，自己是小朋友上學最喜歡的部分，確實是身爲老師的小小驕傲。

只是，正當下課時間將近，樂姨繞教室最後一圈，她再度站到小嚕的身後，卻赫然發現了一點古怪……

「小嚕，你畫的老師……」樂姨忍不住把臉湊近了畫。

透過小嚕充滿藝術天分的蠟筆，樂姨可以清楚辨識出畫中的自己，但，什麼時候……畫中的自己背後，爲什麼有一小團紅色？紅色像是趴伏在自己背上，而且，那小團紅色上，好像還多了幾筆？

「小嚕，老師背後那一小團紅紅的是什麼？」樂姨蹲下，讓自己眼睛離畫紙更近，為了辨識那團紅色。

那是兩個點在上，一個彎曲的弧線在下，樂姨越看，越覺得這團紅紅上的筆觸畫的是……一張臉！

「老師，這是空空。」小嚕突然抬頭。「現在，在妳背上。」

空空，在妳背上！

樂姨猛然回頭，但她的背一片空白，哪裡來的空空!?哪裡來正趴在自己背上的空空!?

「小嚕，你……你不要嚇老師。」樂姨嘴唇泛白，但她強制鎮定了心神。

「我沒有嚇老師。」小嚕的神情認真，完全不像惡作劇。「空空從剛才，就一直在妳背上。」

「小嚕！不要說了！」樂姨忍不住提高了聲量，要制止小嚕，而小嚕聽到自己最喜歡的老師發出這樣的低吼，頓時不敢再說，只是眼眶泛淚，安靜了下來。

樂姨慌張的往前走，要回到講台處，但她一邊走，眼角餘光卻看見了其他小朋友的畫，每一張畫，只要有樂姨的，背後都出現了同樣的那團紅色。

那團紅色，都是同樣的表情。

大大的眼睛，弧線的嘴巴，彷彿在笑，惡作劇般的笑著。

小麥的畫，摩摩的畫，阿胖的畫，還有小嚕的畫上，都有著那張詭異的臉。

這一秒鐘，樂姨發現自己幾乎無法呼吸，她走到講台處，用她虛弱無比的聲音說道，「下課，這一節課……就先上到這裡吧……」

而下午，樂姨忍不住拿著那幾張畫，再次來找黃老師，她想要知道，這一切到底是怎麼回事？

「這些圖，是妳班上的同學畫的嗎？」黃老師拿著這些圖畫紙，如此問道。

「是的，除了小麥、摩摩、阿胖，現在又多了一個小朋友，小嚕。」樂姨感到恐慌，「而且，如果說真的是幻想中的小朋友，又怎麼會……都畫得一模一樣！」

圖畫紙上，樂姨背上的那張臉，雖然每個小孩的筆觸不同，但卻都有著相同的特徵，紅紅的臉，彎彎的眼睛，咧齒而笑的嘴。

而且，每個人畫的位置都相同，就是樂姨的左邊肩膀上。

彷彿，當時正走在教室的樂姨，肩膀上，眞的趴著這個名叫空空的小朋友。這張臉，在小朋友質樸可愛的畫筆下，透著森森的鬼氣。

「紅紅的臉，這雙眼睛，還有這樣的笑……」黃老師仔細的看著圖畫，咬著下唇，微胖的身材，正隱隱的顫抖著。

「黃老師，妳知道這小朋友是誰？是嗎？」樂姨察覺到黃老師的神情有異，「對了，那天工友老鍾突然來找我，他說了好奇怪的話，說什麼萬聖節，又算了十幾天的時間，這到底是什麼意思？」

「老鍾去找妳？」

「對啊。」

「可惡，這個傢伙，我因爲壓力大找他聊一下。」黃老師自言自語。「他竟然這麼不牢靠。」

「等等，黃老師，妳和老鍾都在這間學校很久了，你們是不是知道些什麼？空空到底是誰？小朋友爲什麼會提起他？還有……二十年前的萬聖節是什麼意思？」

「沒什麼意思。」黃老師深呼吸了一口氣，眼神嚴厲的看著樂姨。「這一切，都是小朋友的幻想。」

「啊？」樂姨一愣。「可是已經有四個小孩看到同樣的東西，加上這些畫，怎麼可能是幻……」

「是幻想!!」黃老師聲音突然提高。

「啊。」

「不不，樂姨老師，」黃老師似乎發現了自己口氣太過急躁，急忙收口。「我還是覺得是幻想，妳別放在心上。」

「黃老師……」樂姨遲疑了一下，點了點頭，個性隨和的她不喜與人爭論，捲起圖畫紙，就要離開。「好吧，我再問……」

「不不，圖畫紙先留給我。」黃老師把圖畫紙按了下來。

「留給妳？」

「我去問一下。」黃老師把圖畫紙捲起來。

「問什麼？」樂姨只覺得一頭霧水。

「妳就先別管了，樂姨。」黃老師伸手挽住了樂姨的手。「萬聖節快到了，有什麼事，我們萬聖節後再處理，好嗎？」

而就在圖畫紙交給黃老師後的兩個小時，正當晚上七點，小孩們老早都被接走，樂姨也忙完所有事務，準備要下班的時候，黃老師又出現了。

「樂姨，有人找。」黃老師語氣閃爍。「要和妳聊一下。」

「誰？」

「園長。」

「啊？」樂姨一愣。

「就是新上任的園長。」黃老師說，「她想要和妳聊一聊。」

聽到新園長要和自己聊一下，樂姨心臟忍不住漏了一拍，雖然說這幼兒園並不大，但園長與底下的老師是有些距離的，加上平常樂姨就是那種只會專心做好自己事情的人，跟新園長可以說是完全不熟。

聽到這個時刻新園長突然要找她，她不禁惶恐起來。

「是什麼事呢？」

「跟我來就對了。」黃老師說，「我們去園長室。」

於是，樂姨帶著有些驚疑的心情，跟隨著黃老師的背影，朝著位在三樓的園長室走去。

一路上，她忍不住又問了黃老師。

「新園長找？到底是？」樂姨說，「其實我只在校務會議上看過她，平常都沒有說過話。」

「園長會和妳說。」黃老師搖了搖頭。

於是，樂姨就這樣跟著黃老師來到了園長室，輕輕敲了幾下門之後，推門而入。

只見新園長一人坐在寬大的辦公桌前，她身材高䠷，與老園長有幾分相似，頭髮剪成俐落的短髮，五官輪廓略深，以女性而言，是稍顯剛直了些。

「樂姨老師嗎？」園長看見樂姨走入，抬起頭，露出了微笑。

看見這微笑，樂姨雖然稍稍鬆口氣，但卻湧現一種直覺，這微笑小孩子不會喜歡，嗯，因為不夠真誠，也不夠溫暖。

「是，園長。」

「雖然已經到了下班時間，但不介意，陪我在校園走走吧。」新園長把電腦螢幕切掉，站起身來，並穿上了掛在大椅子上的外套。

「好。」樂姨急忙點頭。

於是，新園長就這樣帶著樂姨，背後跟著黃老師，一起離開了園長室，在校園漫步了起來。

「再三天，就是萬聖節了呢。」新園長說著。

此刻的校園，在新園長強勢的作風下已經截然不同，到處都貼著恐怖中帶著可愛的萬聖節圖形，蜘蛛、吸血鬼、鬼魂，還有會吐舌頭的稻草人，不只如此，每棵樹上都掛了閃閃發光的燈，遊樂設施也粉刷上新的色彩。

此刻的校園，與其說是幼兒園，不如說是一座萬聖節遊樂園。

「是啊，園長。」樂姨說，「這次大家都布置得很認眞。」

「樂姨，妳可能不知道，其實我也曾像妳一樣，在這裡當過老師。」

「啊？」樂姨一愣，這件事，她眞的完全不知道，轉頭看向黃老師，只見黃老師點了點頭。

「那已經是二十年前的事情了。」新園長一笑。「那時候招生容易多了，呵，說眞的，我還挺懷念當老師的日子呢。」

「呵，是嗎？那爲什麼離開這裡呢？」樂姨看著新園長，這新園長現在應該是四十多歲，二十年前應該是剛從學校畢業的年輕女孩吧，但，樂姨總覺得，這新園長個性太過剛硬，似乎不適合當幼稚園老師。

不，個性剛硬也許不是重點，而是不知道爲什麼，樂姨就是覺得，小孩們不會喜歡新園長。

「因爲有些理由。」新園長聽到這問題，眼神閃爍了一下。「但這次我回來，是因爲我爸爸生病，所以我特地回來幫忙，也順便把整個幼兒園重新整頓。」

「嗯。」

「所以，如果校園裡面，出現一個奇奇怪怪、荒誕不羈、會影響校譽的事情，」新園長一邊走著，一邊慢慢的說著。「我絕對不會容許的。」

「奇奇怪怪、荒誕不羈？」樂姨一瞬間沒有聽懂，愣了一下。

「小孩之所以是小孩，就是因爲他們充滿想像力，不只如此，有些小孩也同時具有說謊、誇大、想要吸引大人目光的本能。」新園長的聲音越來越冰冷。

「他們就是想要幻想出一些東西，來吸引我們注意，妳懂嗎？樂姨。」

「妳是說……」樂姨把到嘴邊的『空空』兩個字，吞入了肚子裡。

同時間她的目光看向黃老師，這一切顯然是黃老師和新園長報告的……而黃老師則是移開了目光，不想和樂姨對視。

「小孩們喜歡幻想可以，想要吸引大人注意而說謊，可以被理解。」新園長此刻已經走到了教室區，「但如果大人或老師都隨之起舞，甚至壞了校譽，可就不能被允許了，妳懂嗎？樂姨。」

「懂了……」

「這樣很好。」新園長說到這，臉上再度浮現微笑。「妳聽懂就好。」這微笑，讓樂姨感到有點發毛。

「幼兒園全國雖然也有數千間，但其實這圈子很小，」新園長繼續微笑。「如果有的老師真的不適任，也會跟著傳出去，就怕將來連老師都當不了。」

「呃。」樂姨吞了一下口水，這新園長手段好狠，這樣的人，小孩子不會喜歡，眞不知道當時她怎麼當老師的？

「好啦，我們有共識就好了。」新園長將眼光看向了眼前的校園，「接下來幾天是重頭戲，萬聖節如果我們成功，很多家長會開始關注我們，然後我們再搭配雙語教學、體驗式課程，有如樂園般的校園，家長們會慕名而來，爲了進我們學校而排隊，到時我們可以調高學費，大家都有福氣，不是嗎？」

「嗯。」樂姨不禁嘆氣。這新園長口口聲聲說是不能讓父親一輩子的努力關門，其實根本是在實現自己的野心吧？

但就在這個時候，樂姨突然聽到，已經關燈黑漆漆的教室裡，傳來卡的一聲聲響。

「誰？」樂姨轉頭，嚇了一跳。

卻看見黃老師和新園長互看了一眼。「是老鍾吧？」

「是老鍾沒錯，」黃老師說，「晚上只有他會在，而且我剛看著他從走廊走過。」

「哼，老鍾老是鬼鬼祟祟。」新園長眉頭皺起，「當年他退伍之後因爲賭博欠了一屁股債，仗著是我爸軍隊的老戰友，所以才進到幼兒園，給他一口飯吃，養了他這麼多年，也不見他感恩。」

「嗯。」樂姨懂了，原來老鍾和老園長是這層關係。

「好啦，樂姨，記住今晚的話。」新園長看著樂姨。「距離萬聖節，還有三天，可不要成爲一個被小孩幻想所控制的老師，聽懂嗎？」

「瞭解。」樂姨只能嘆氣，她實在無法喜歡這個新園長，她現在只想回家，和她女兒一起看驚悚懸疑片啊！

這天，樂姨回到家，已經八點多了。

她和家人們說起了今天的經歷，包括畫出空空的小孩們，還有新園長宏大的願景與警告。

聽完樂姨說完，樂姨的老公提出了建議。「要不，查一下這間幼兒園二十年前發生什麼事吧？」

「二十年前這麼久了，怎麼查得到？」樂姨猶豫。

「其實不會喔。」小嵐拿出了筆記型電腦，「網路很神奇，只要二十年間有任何人討論過這件事，都會被記錄下來，透過簡單的搜尋就能找到，我來找找看。」

「那我也來幫忙。」小龍也拿出了自己的電腦，開始搜尋。

搜尋之初，都是關於最近萬聖節的活動，可見這次新園長真的動用了不少關係，不只記者，還有一些youtuber，更有些家長已經迫不及待的將自己小孩的萬聖節定裝照給放上了網路。

因為萬聖節當天校園開放，還找來一些小攤販與魔術表演，不少居住在附近的民眾也頗期待這次活動。

就這樣，小龍與小嵐在茫茫的網路之海中不斷搜尋，一直到將近一個小時後，忽然，小龍咦的一聲。

「有了。」小龍說，「這裡有篇文章在問，這間幼稚園是不是改過名字？」

「改過名字，真的嗎？」小嵐立刻湊上前去。「對耶，文章說，他小時候唸過這一間，他舊地重遊時赫然發現名字已經變了，難怪我們一直找不到資料。」

「那換成舊名字再搜尋一次。」小龍打起精神，再次敲起鍵盤。

「資料變多了！改名的時間，是二十年前。」小嵐唸出第一筆資料。

「二十年前？」樂姨聽到這數字，心臟跳了一下！

老鍾是不是說過，二十年前的萬聖節？

「二十年前，發生了什麼事？」小龍皺起眉頭，手指快速的搜尋著，在一堆雜亂有如歷史陳跡的搜尋中，他看見了一筆資料。

當他滑鼠點入，他感覺到自己的呼吸，微微停住了。

然後，他緩慢的把筆電的螢幕，轉向了樂姨與小嵐。

這一剎那，所有人都安靜下來了。

筆電上，是一篇老舊新聞的記載，記載時間是二十年前。

【本報訊】校園安全是否再度亮起紅燈？知名幼兒園昨天晚間傳出一起學童死亡意外事件，一名年約五歲就讀大班的學童，放學後被發現陳屍在該班級的教室中，由於該孩童身上並無明顯外傷，初步排除遭施虐毆打致死，法醫勘驗後認爲死因爲心臟病突發的可能性極高。

事件引發社會譁然，輿論質疑園方爲何讓這名學童單獨留在課後的教室中，卻沒有任何老師陪伴？園方解釋：「該名學童很聰明，但個性調皮搗蛋，常在上課時，故意躲藏起來讓老師和同學尋找，所以事發當下，教師並未在第一時間意識到問題。」至於爲何放學後仍滯留在園內？園方也補充說明孩童的家庭狀況，該孩童的家長工作忙碌，常常很晚才來接孩子放學，園方曾和家長多次溝通都無法改善，往往只能每次都刻意多留一名教師加班陪伴該名學童。

據當時在園的師生表示，事發當天正值西洋的萬聖節，該名學童在校園內頻頻與人要糖，快放學時，突然不見蹤影，大家都以爲他又躲藏在某處不以爲意。直到晚間七點，值班教師發覺狀況不對，開始搜尋孩童，才在教室一角發現孩童當下已經停止呼吸心跳。

由於該生的在校情形及園方的處理過程，幼兒園均有相關錄影及記載，對於該生因病過世，園方深感遺憾，並聲明將持續與家屬進行溝通。

這篇記載後面還跟著一些留言討論，像是幼兒園是否有缺失？台灣教育是否能更提高安全性？但由於這件事綜合了相當多的複雜因子，所以幼兒園並未遭遇太多的輿論追打。

「所以，二十年前萬聖節……眞的出過事？」樂姨喃喃自語。

「嗯，有個小朋友心臟病發陳屍在教室中，不過就算有心臟病，應該也不是會突然發作吧？」小龍說，「應該是受到驚嚇？或是承受過大壓力的時候？」

「通常是這樣……」小嵐說，「但心臟病這件事很難說得準的，咦，哥，下面還有一個回文，點開看看？」

「嗯好。」小龍說，「『我當時雖然很小，卻也是那一班的學生。沒錯，我記得那同學眞的很調皮，還有女老師雖然年輕漂亮，但有點凶，我小時候好怕她，對了，我想起那同學的綽號了……』」

「叫什麼？」

小龍用手指比著螢幕，一個字一個字唸著。

「他叫做，『空空』。」

這剎那，從樂姨到小龍，小龍到小嵐，互看了一眼，冰冷戰慄如同一條蛇，爬上了所有人的背脊。

這是巧合？還是人爲的惡作劇？這個二十年前意外死亡的小孩，竟然眞的就叫做，空空!!

就在這一晚，樂姨做了一個夢。

她竟然又夢到了小叔公。

在夢中，樂姨看不清楚小叔公的臉，但卻可以感覺小叔公正在努力說些什麼？

樂姨想認眞聽，卻什麼都聽不到，她感到焦躁，但始終無法聽懂小叔公的話語。

直到小叔公露出溫柔的表情，然後用手指在樂姨的手心上，寫了幾個字。

『給糖還是搗蛋？眞心喜歡小孩的妳，必然知道答案。』

樂姨不懂，困惑間，夢境就已清醒。

3. 萬聖節

萬聖節，就在今天，隆重登場。

樂姨一大早就來到幼兒園校園，她聽從小嵐的建議，裝扮成了古埃及的豔后，更將金飾穿在身上，包括了小叔公的那條金色腳鍊。

而這個萬聖節的園遊會，一如新園長所預期的極度熱鬧，各式各樣裝扮的小孩，有的扮成小吸血鬼，有的扮成小死神，有的是鋼鐵人，有的是蜘蛛人，更不乏笑起來缺牙的綠巨人浩克。

不只小孩，還有來到這裡、不斷按下相機或手機快門的大人們，他們捕捉自己小孩的身影，上傳網路，更等同於將幼兒園的名字與地址，再次宣傳。

另外，受到新園長邀請而來的記者，也穿梭人群之間，拍攝精彩畫面，並透過有些浮誇的文筆，將這間幼兒園的名聲再次渲染，畢竟，他可是有新園長人情壓力的呢。

不只家長、小孩與記者，幼兒園中也有不少外地來觀摩的人們，他們同時穿上自己cosplay的服裝，彼此爭豔，更是cosplay同好的聚會。

整個活動，包括小孩們的服裝走秀，中午的園遊會吃吃喝喝玩遊戲，然後下午的「不給糖就搗蛋」活動，熱度始終維持高點，現場可以說是賓主盡歡，宛如一場大型嘉年華。

而新園長呢？她正站在三樓辦公室，居高臨下的俯視這一切。

她面帶微笑，她知道，她快要成功了。

萬聖節，然後聖誕節，先把西洋的節日辦起來，就會給人雙語學校的印象，然後她再延攬更多的外語老師，她想要打造一個貴族幼兒園，一個縱使昂貴、但家長們仍擠破頭要進來的幼兒園。

她想要雪恥，畢竟，二十年前她離開得那麼窩囊！

當時的事情，如果不是因爲她爸爸就是園長，她肯定會付出更大的代價，畢竟，有些眞相被掩蓋了。

但也因爲如此，她當時必須像是戰敗的狗一樣，逃離這裡，用時間來讓人們淡忘。

不過，如今她總算回來了，她要繼承爸爸這黃金地段的老舊幼兒園，讓它新生，讓它展現出其昂貴華麗的姿態，在少子化的世界裡，成爲一隻淘金巨獸。

而就在同時，她眉頭微微皺了起來，因爲在三樓的她看見了幼兒園的角落裡，有一雙眼睛，與她對上。

駝背且衰老的身軀，行蹤詭異的工友，老鍾。

「這個怪人，不知道感恩。」新園長皺眉，「有一天，我一定把你趕出去！」

不過，新園長不知道的是，也就在她與老鍾對望的這一秒鐘開始，萬聖節園遊會開始變調了。

某個家長找到了其中一位老師，他神色驚慌，「老師，你有看到我家小孩嗎？他的名字叫做小麥。」

小孩失蹤，對幼兒園而言，可不是一件小事。

新園長一聽到這消息，立刻指示所有老師，低調的尋找。

而樂姨身爲他的級任老師，心裡更是著急，她穿梭在小麥喜歡遊戲的角落，但卻都沒有看見他的身影。

而且事情不只如此，就在樂姨焦急尋找的同時，另一個消息又再次傳來。

「又有小孩不見了！怎麼回事？是摩摩。」

摩摩？樂姨聽到時一愣，摩摩是班上的班長，也是聰明且機警的孩子，她這樣的孩子怎麼會跑離爸媽身邊？

而且，樂姨內心突然湧現一股不安的預感，小麥？摩摩？這兩個小孩有一個共通點啊……

只見老師們在教室與各大遊樂場穿梭，盡量不讓自己臉上的慌張顯露出來，畢竟，現在這麼多外人在這裡！甚至還有記者！

溜滑梯的下面，洗手槽的背側，放置掃地用具的地方，甚至是往樹上瞧，都沒有看見他們。

就在樂姨驚疑不定之時，她手機再次響起，她接起來。

「剛剛又有家長來說，她小孩不知道跑到哪去了？」

「是誰？」

「是阿胖。」

阿胖……樂姨感到背脊發涼，對，從小麥，摩摩到阿胖，這三個同學，不就剛剛好是……曾經看過空空的小孩嗎？

想到這裡，樂姨猛然轉身，她沒有去找阿胖，因爲她已經可以猜到，第四個失蹤的小孩會是誰了！

最喜歡畫畫的，小嚕！

因爲樂姨對小孩們的熟悉，所以她能快速從人群中分辨出小嚕的所在，他打扮成超人，穿著披風，正在和大人們討糖果。「要搗蛋還是要糖果？」

樂姨鬆了一口氣，他還在。

但就在下一秒，樂姨突然看見小嚕竟然莫名其妙的離開了人群，朝著教室的一側走去。

樂姨吃了一驚，急忙撥開人群，邁步朝小嚕方向追去。

只見小嚕小小的身軀看似緩慢，其實有如空間錯亂般快得驚人，眨眼間就脫離了人群，來到在教室走廊的末端，那裡有一處沒有光的陰影。

「小嚕！」樂姨大叫，她想要阻止小嚕，但小嚕似乎是聽到了樂姨的聲音，疑惑的回頭。

而就在小嚕回頭的瞬間，樂姨卻看見了，小嚕的身旁，還有一個小孩。

那個小孩拉著小嚕的手，一起回過了頭。

紅紅的臉，彎彎的眼睛，還有那咧嘴而笑的搗蛋神情。

樂姨感到全身戰慄，頓時停住。

空空。

然後，空空就這樣拉著小嚕，走入了教室前長廊的黑影，消失了。

樂姨，短暫幾秒的發愣；隨即，是她背後所傳來，那有如浪潮般不斷越疊越高的家長怒吼聲——

「小孩？我的小孩呢？小麥呢？」「老師，不要再騙我們了，說什麼小孩只是各自去玩了！他是不是不見了？」

「摩摩呢？園長，我家摩摩最乖，妳說她自己跑去玩？她從小到大離開我們五分鐘就會自己回來！這次怎麼沒有？」

「阿胖呢？你娘的，園長，你要給我一個交代！不然我告你們！告死你們！」

「等等，我家小嚕呢？小嚕怎麼不見了？」「剛剛還看到他啊？他怎麼不見了？」

樂姨慢慢回頭，他看見家長們的驚惶，像是瘟疫般快速傳播開來，其他小孩沒有走失的家長，也紛紛緊抱住自己的小孩，找到角落安身，而那些來玩cosplay和觀光的人們，則找角落聚在一起，所有人的眼神，都集中到了同一個人身上。

這些眼神，帶著譴責，帶著憤怒，帶著不安，全都瞪著那一個人——

新園長。

但人群中卻有一個人，他眼神帶著戲謔，帶著看到鮮血雀躍不已的野獸眼神，他是那名記者，用一枝筆就可以歌功頌德賺進財富，卻也可以讓人家破人亡的，記者。

「老朋友啊。」那記者嘿嘿笑著。「這可眞是不錯的新聞點啊，一個萬聖節園遊會，走失四個小朋友？這種記錄，還眞讓人手癢呢。」

「……」新園長深吸了一口氣，她眼神銳利而凶狠，似乎不想如此認輸，只見她努力揚起微笑，慢慢的說著，「我們的校園大門派有固定的工作人員駐守，小孩不會這樣被帶走的，他們一定只是在校園裡面玩耍，一時忘了回到爸媽身邊。」

所有人，依然看著她。

新園長不想認輸，不然她做了好多年的夢，會就此破滅，就像二十年前，她被迫離開這間學校一樣。

「請各位家長與來參觀的朋友們，待在廣場原地，不要移動，避免造成我們找人的難度，也請各位體諒，我們會暫時關閉大門。」新園長慢慢的說著。「接下來，所有的老師和工作人員去尋找那四個小孩，畢竟，我們才是最熟悉這間幼兒園的人，請相信我們……我們一定會把他們找出來。」

聽到這些話，所有的老師和工作人員都站了出來，其中也包括了老鍾、黃老師，以及樂姨，總共三十餘人。

「去找！」新園長一聲怒吼，所有人頓時都動了起來，朝著教室、遊戲區、韻律教室等各處，跑步散開。

這四個小孩到底躲在哪？

此刻，樂姨站在走廊的中心，她正思考著，她該往哪找？

這時，她卻發現，她身旁多了一個人，正是始終神祕詭異的男工友，老鍾。

「樂姨老師，妳不知道該往哪找嗎？」老鍾又是那皮笑肉不笑的表情。

「嗯，身爲這四位同學的導師，我確實想不起來，有點慚愧。」樂姨嘆氣。

「那是因爲，妳聽不到吧。」

「聽不到什麼？」

「……」老鍾沒有立刻回答，只是面帶神祕的看著前方，然後緩緩開口了。

「聽得到的話，自然就知道要去哪裡找了。」

「啊？」

樂姨還沒搞清楚這神祕老鍾到底在說些什麼，走廊上，已經多了一個人影，這人影身材福氣，是中年婦女的體型，樂姨一見就認出來。

「黃老師！」

「啊？」黃老師有些迷惑的回頭，「樂姨，妳剛剛有聽到什麼嗎？」

「聽到什麼？」

「小孩的聲音。」黃老師側著耳朵，似乎像是在捕捉空氣中那細微的聲音，慢慢的往前走著。「好像在說著，糖果……搗蛋……」

「小孩的聲音？」樂姨感到迷惑，但就在同時，老鍾又嘿嘿笑了兩聲。

「還有一個人，應該也聽得到吧。」

還有一個人？樂姨回頭，她發現，一個身材高眺、留著短髮、形象剛強的身影，也出現在此刻教室的長廊上。

她，竟是新園長。

「你們在搞什麼？」新園長一開口，就是不耐煩的怒斥。「都聽到小孩的聲音了，還不快點找！」

聽到小孩的聲音？樂姨詫異，所以眞的有小孩的聲音？

「眞是的！不快點找到那些該死的皮小孩，會影響我們幼兒園的聲譽！」新園長邁開步伐，和黃老師朝著同方向而去。

老鍾臉上則依然掛著那抹冷笑，留在原地。

「老鍾！這是怎麼回事？」樂姨就算再怎麼歪頭，用力傾聽，卻什麼都沒有聽到。「你說她們聽到了什麼？爲什麼會有小孩的聲音？」

「因爲就是衝著她們來的，她們當然聽得到，嘿嘿。」老鍾冷笑著。「妳又不是當事人，妳自然聽不到。」

「可是那四個小孩怎麼辦？」

「沒怎麼辦啊，不過就是四個小孩而已，不是嗎？」老鍾開心的笑著。「只要那四個小孩永遠不回來，幼兒園肯定就要倒囉。」

「老鍾，你一定知道什麼！帶我去找！」樂姨忍不住生氣，伸手抓住老鍾的手，而老鍾則皺眉想要甩開樂姨的手。

而兩人爭執之時，樂姨被推向了教室一側，但她仍不放手，同時間，她的腳踝撞到了教室的牆壁，發出極細微的「叮」的一聲。

很輕巧，很細微的一聲，叮。

「什麼東西敲到？」樂姨低下頭，發現敲到牆壁的，竟是那只腳鍊，來自小叔公的腳鍊。

而就因爲樂姨的這個閃神，老鍾趁機掙脫了樂姨的手，發出嘿嘿的笑聲。

「我說，找不到那四個小孩最好，這樣這間幼兒園就會倒啦，哈哈哈。」說完，老鍾半跑步離開，轉眼就消失在走廊的末端。

「老鍾！」樂姨沒追上老鍾，她跑了幾步，發現老鍾已經不見了，但同時間，她卻聽到了。

那是小孩的聲音，正宛如吟唱般，悠悠忽忽，飄散在整個長廊上。

「嘻嘻，不給糖，就搗蛋，嘻嘻嘻嘻。」

4. 土地的記憶

不給糖，就搗蛋？

樂姨抬起頭，朝著聲音方向往前而去，當她順著聲音往前，她感覺到周圍的景色似乎有了不同的變化，整個燈光像是被人慢慢的調暗，空氣也隨之越來越冰冷。

不給糖，就搗蛋喔。

樂姨有種感覺，剛剛腳鍊上的那一聲「叮」，是一種敲門聲，門開了，而門的後面，就是二十年前塵封的歷史。

晦暗，悲傷，如鬼魂般悠悠蕩蕩的路，就在樂姨的眼前。

她與這段歷史沒有任何的羈絆，不像是新園長、黃老師與老鍾，所以樂姨原本是看不到的，但如今，因爲這神祕的腳鍊聲，卻替她開了門。

她該不該跨進去呢？

隨即，她想起了那四個失蹤的小孩，害羞但比誰都貼心的小麥，認眞負責其實又很依賴的摩摩，雖然很惡霸但其實柔弱愛哭的阿胖，還有不愛講話、但總是在畫畫中訴說情感的小嚕。

樂姨知道，自己不可以放下這些小孩不管，無論眼前是什麼，她都必須踏進去，把這些小孩平安的帶出來。

於是，樂姨用力吸了一口大氣，發出大媽般的怒吼聲，然後往前跨了一大步，跨入了這片陰暗之中。

黑暗中，她聽見了這片走廊盡頭，一個小孩的啜泣聲，正隱隱的傳了出來。

光線晦暗，景色泛黃，樂姨看著眼前的長廊，雖然外觀一模一樣，卻有著某些細節的不同，像是教室外貼的小朋友作品，每一個名字，樂姨都不認識。

這裡是哪裡？是二十年前的幼兒園嗎？樂姨疑惑的想。

然後，樂姨看見了前方新園長正用力把教室的門關上，不只如此，更是用鑰匙把門鎖住。

只不過，這新園長和樂姨記憶中似乎不太一樣，年輕了許多，也漂亮了許多，但她臉上那種小孩子會畏懼的冷漠，似乎是與生俱來，一直都存在著。

只聽到新園長不只關門，還發出警告的怒吼。

「你繼續裝神弄鬼嘛！」新園長怒斥。「我就繼續把你關在教室裡！關到你爸媽來爲止！」

教室裡，一個小孩的啜泣聲，不斷傳出。

樂姨感覺到自己拳頭微微握緊，怎麼可以這樣對待一個小孩呢？

「叫你上課你不聽，上課也不專心，整天都說教室有鬼，說什麼萬聖節鬼氣最強！」新園長仍在發怒。「那很好，同學都放學了，你就一個人關在教室，訓練膽量。」

教室裡面，還在哭，哭聲中還帶著顫抖，似乎在害怕，害怕著什麼！

「別的同學爸媽都準時來接，你呢？每次都拖到九點，說什麼工作很忙？你知道嗎，學校沒有辦法把你一個人扔著，每次都要有一個老師留下來陪你。」年輕的新園長的怒氣，似乎已經延續了多時。「怎麼說都沒用，你媽就是不理，說什麼工作很多很累，這世界上工作很多很累的人，只有你媽媽一人嗎？」

教室內，哭聲仍持續著。

「你不想下課被關教室，就想辦法叫你媽媽早點來接！」

教室裡的哭聲，忽大忽小，似乎在躲藏著什麼，害怕著什麼！

「哼，如果你還是懂事的好孩子還可以稍微忍受，偏偏整天在那裡裝神弄鬼，四處躲藏，製造麻煩！」年輕的新園長手握著門把，這一天，她的怒氣似乎特別的強。「什麼萬聖節，什麼不給糖就搗蛋！說什麼是鬼教你的！你就在教室裡面好好的訓練吧！」

萬聖節？樂姨站在旁邊，喃喃自語的說，啊，二十年的今天，也剛好是萬聖節啊！

而當新園長罵完，哼的一聲，轉身就走。

樂姨只覺得無比的心疼，以她教育的經驗，小孩在懂事與不懂事之間，原本就會產生怕鬼的幻想，這時候應該是要透過溫暖擁抱與趣味故事，將他害怕的心靈導引到正確的方向，而不是如此激烈的訓練他！

新園長，眞的不適合當幼兒園的老師啊！

樂姨嘆氣，忽然眼前場景改變，新園長離開教室後，另外一個人的身影出現了，這人影相當熟悉，只是，樂姨沒想到這人會在這時候出現。

他是一名中年男子，是手裡始終握著拖把、行蹤詭異的工友，老鍾。

此時的老鍾面容年輕許多，少了愁苦的皺紋，但眉目之中那股陰森之氣卻始終都在。

只見他躡手躡腳，左顧右盼的來到教室前，等確定周圍沒有人之後，他做了一件讓樂姨又吃驚又生氣的事。

他竟然躲在教室外面，開始發出呼呼的鬼叫聲。

教室裡的小孩，一聽到外面呼呼的鬼叫聲，哭泣頓時停止，像是受到極度的驚嚇，由哭泣變成了啜泣，啜泣聲中夾著急促的呼吸。

老鍾的惡劣不只如此，他更用他的拖把輕輕敲打著門，用陰森至極的聲調說著，「萬聖節到囉，嘿嘿嘿，我是鬼。」

教室裡面的啜泣聲不斷顫抖著，裡面的小孩肯定嚇死了！樂姨幾乎要瘋了，這些人是怎麼回事！新園長關小孩，而老鍾竟然扮鬼嚇人！

在扣扣扣規則的拖把敲門聲中，老鍾繼續他的惡意，「不給糖，就搗蛋！不給糖，就搗蛋！」

教室裡的小孩，已經嚇到完全沒有了哭聲，只剩下一口又一口，像是呼不到空氣的奇怪喘氣聲。

太可惡了！這老鍾為什麼要扮鬼嚇人！樂姨雙拳緊握，如果是她看到的不只是回憶，她肯定會用她手上所有的東西，砸向老鍾！

不過，就在樂姨憤怒無處發洩之際，前方又來了一個人。

身材微胖，有如中年婦女，不是二十年前的黃老師是誰？

正當樂姨期待黃老師阻止老鍾之際，卻發現黃老師卻只是瞪著老鍾，哼了兩聲。

「難怪小孩們老是說看到鬼，原來是你在裝神弄鬼啊。」黃老師雙手插腰。

「嘿嘿，我的樂趣啊，嚇嚇小孩很好玩的。」老鍾的臉，無比邪惡。「而且，不也是你們請我做的嗎？說什麼小孩會怕，你們比較好教，這樣小孩比較乖。」

「請你做？你也太往你自己臉上貼金了吧！我看是你自己愛玩吧！」黃老師瞪了老鍾一眼，卻沒有任何阻止的動作。

「嘿嘿。」老鍾繼續笑著，「我就是喜歡嚇小孩啊，尤其是這個小孩，嚇起來特別有趣。」

「哼。」黃老師又瞪了老鍾一眼，再瞪了教室一眼，她顯然也知道教室裡面的小孩是誰！而從她輕蔑的眼神中，她似乎也瞧不起這個老是被媽媽丟到晚上九點才來接回家的小孩。

冷漠，樂姨看著黃老師，想起了兩個字，冷漠。

就在黃老師的冷漠下，老鍾又繼續裝鬼，玩了十幾分鐘，其間教室裡面的小孩一直不停的啜泣聲忽高忽低，讓人聽了頗爲不舒服。

「這次反應特別大，嘿嘿，太有趣了，捉弄小孩最好在萬聖節啊，咯咯。」

等到十幾分鐘後，老鍾玩膩了離開，又過了約莫半小時，新園長來了。

她發現教室裡面沒有了聲音，微微皺眉，打開了教室的門。

「睡覺?」新園長語氣中有著不耐煩，「睡什麼覺!你媽來了啦，今天又更晚了，搞什麼，把幼兒園當飯店啊!」

教室中，寂靜無聲……

「喂!起床了!」新園長聲音提高了。「睡什麼睡，回家睡覺!」

依然，沒有任何聲響、任何反應。

這一瞬間，新園長似乎懂了什麼，然後往前走了幾步，然後叫了出來。

「醫護阿姨!不，她已經下班了!該死!救護車!」新園長大叫。「救護車!」

聽到了騷動，黃老師、老鍾，還有幼兒園的老園長都來了。

他們抱出了教室裡的小孩，紅紅的臉，大大的眼睛，那是樂姨曾經見過的臉，在小嚕的畫像中。

那是空空，對，這小孩就是小麥、摩摩、阿胖，以及小嚕曾經看過的「幻想中的好朋友」，空空!

現場，老師們驚惶，「快把空空送去醫院，他沒有呼吸了!」

而後續的發展，樂姨其實已經猜到，空空因爲驚嚇過度引發心臟衰竭，原本可以獲救的卻因爲在無人的教室中，所以錯失了挽回生命的最後機會。

但幼兒園園長決定將這一切掩蓋下來，因爲追根究底，會追到自己的女兒。幼兒園對外的說法，是這小孩喜歡躲藏，一個人躲在教室裡面讓老師沒發現，突然發病老師也無法即刻處理。

同時間，因爲空空平常的調皮搗蛋，又愛裝神弄鬼，讓其他老師與同學都認同了這個說法。

也因爲空空的媽媽太過弱勢，生活的辛苦讓她雖然悲戚，卻無力抵抗，最後就這樣被抹平在歷史的塵埃之中。

不過，畢竟身爲導師的新園長有錯，爲了避免他人說三道四，三姑六婆串出了眞相，老園長要新園長離開這間幼兒園，過幾年再回來。

而新園長就這樣狼狽離開，整整二十年後，當老園長因身體緣故而退休，她回來了。

但也就在同時間，萬聖節到來，空空，卻也跟著回來了。

5. 要糖，還是搗蛋？

樂姨看著這段悲慘的歲月，她不自覺的全身發冷，但她告訴自己一定要堅強，因爲重點是找到那四個小孩，被空空所藏匿的四個小孩。

於是，她繼續邁步向前，而就在前方，她發現了一個人影。

身材微胖發福，中年婦女的背影。

「黃老師。」

只見黃老師不知道爲何，一個人站在教室走廊上，低著頭，不知道在說著什麼……

「什麼給糖？什麼搗蛋？」

樂姨不解，但當她繼續往前，她看到了，黃老師的正前方到底是什麼？

一個臉紅紅、眉毛微彎、神情調皮倔強的小孩，空空！

只見空空伸出手，對黃老師說，「不給糖，就搗蛋，嘻嘻。」

「什麼給糖？我聽不懂你說什麼！」黃老師的聲音顫抖，「空空，你不該出現在這裡，你快回去！」

「既然妳不給我糖，」空空咧嘴笑了，「那我就要……搗蛋囉。」

搗蛋？樂姨往前，她要拉住黃老師，卻看見黃老師轉過頭來。

黃老師轉頭，看著樂姨。

「黃老師？」樂姨詫異而停步，隨即又發現了黃老師似乎有些不對勁。

因爲她發現，黃老師竟然與自己面對面的看著彼此。

正常來說，黃老師的肩膀根本沒有動，她是如何把整張臉轉過來，與自己相對的？

唯一的可能，就是她脖子轉了一百八十度。

只見黃老師露出困惑的表情，看著樂姨。

「樂姨，這裡到底是前面？還是後面？」黃老師聲音透露出無比驚惶。「救命，救命。」

「嘻嘻，喜歡我的搗蛋嗎？」只見空空一邊唱著歌，一邊跳著舞，往前跑去。

「空空，等等，那四個小孩呢？」而樂姨丟下脖子轉了一圈的黃老師，朝著空空追去。

「不給糖，就搗蛋，啦啦啦。」空空依舊唱著歌，「不給糖，就搗蛋，啦啦啦啦。」

而當樂姨追著空空，但空空卻突然在一間教室的門口，消失了。

樂姨正在猶豫該往哪走時，卻看見兩個人影，正在教室中爭執著。

一個是新園長，一個正是詭異的工友老鍾，兩人正在教室中互相指責著。

「是你！果然是你！」新園長指著老鍾的鼻子，尖叫式的猛罵著。「這一切是你搞出來的吧！」

「嘿嘿，」老鍾狠瞪著新園長，「對，一切都是我！又怎麼樣？」

「我爸對你這麼好，你怎麼會做這種事？」新園長憤怒到幾乎要朝著老鍾的臉抓去。「你這樣一搞，整個幼兒園的名聲從此一落千丈，誰還敢把小孩送來我這？我立志要成立貴族學校的夢，全部都被你給毀了！」

「對我這麼好？嘿嘿，對我這麼好？這種事妳還眞敢說？」老鍾陰森的眼睛，回瞪著新園長。「這幾十年來，你們把我當成狗來使喚，給我爛房子，給我爛工作，我已經忍了三十年啦。」

「因爲我爸對你有恩！他給你吃，給你住，讓滿身賭債的你，可以苟活下來！」

「哈哈哈，賭債？你弄錯了吧！」老鍾大笑，「有賭債的可不只是我啊，妳爸當年和我從軍隊出來，可是一起賭的啊。」

「啊！」

「而且，妳爸還說，」老鍾瞪著新園長，眼神是無窮無盡的恨意。「因爲他要當幼稚園園長，名聲不可以壞，叫我把債先扛了。」

「啊！」

「他還答應我，等他老了，退休了，這座幼兒園就隨我處置，看是要把地賣了，還是要怎麼樣，他都會給我。」老鍾一邊說，一邊牙齒發出憤怒的磨合聲。「老子和他一起在軍隊裡面出生入死，我是相信他的，所以什麼借據和記錄都沒有留下來，媽的，結果呢？」

「結果……」

「他一退休，就叫妳回來接園長！」老鍾的聲音尖銳而恐怖。「我不甘心，我不甘心，我等了三十幾年，這幼兒園，我一定要弄到手。」

「所以，所以你才把空空的鬼……」

「對，就是這樣！」老鍾的聲音陰側側的，「我找到了一個叫做『老師』的人，他教了我方法，他說一塊土地如果有人冤死，土地就會有記憶。而我，就是透過他教我的方法，只要把符咒埋在教室周圍，就可以把土地的記憶喚醒。」

有人冤死，土地就會有記憶……所以，空空才會在萬聖節之前，突然出現嗎？一切都是老鍾搞的鬼！

「你這混帳！」新園長怒極尖叫，伸手就要用力甩老鍾巴掌，但卻被老鍾一把抓住。

「我混帳？妳以爲我還繼續想玩幼兒園這種又累又無聊的遊戲？」老鍾嘿嘿笑著。「我就是要你們家幼兒園爛掉，倒閉，眞正値錢的是這塊土地，位居市中心的近郊，佔地又大，賣起來絕對是數十億的價値啊。」

「可惡！」新園長尖叫。

但下一秒，她的尖叫卻停了。

而她的目光，則移向了她的右下方側，同時間，她身體開始顫抖起來。

「要給糖？還是搗蛋呢？」

臉紅紅、笑容調皮、但全身散發陰森鬼氣的小孩，已經站在新園長的旁邊。

「空空！」新園長害怕得一屁股坐在地上，但那小孩卻繼續往前，手往前伸，繼續唱著。

要給糖？還是搗蛋呢？

「你這臭小鬼！」新園長極度害怕，但生性強悍的她，從肺腑發出怒吼，「活著的時候麻煩！死後也是陰魂不散！給我滾！」

但她的憤怒，完全沒有效果。

空空卻完全不爲所動，只是繼續露出那陰森且調皮的笑。

「所以妳沒有糖，妳要搗蛋囉？」

「去死！」新園長大叫。

只見教室門口突然湧入大量色彩繽紛的彈性塑膠球，有如海浪，樂姨認出了這些塑膠球，是幼兒園遊戲區「球池」的球。

這些球，爲什麼在這裡湧入？

只見球池的球像是有生命般不斷在地上跳動，全部跳向了坐在地上咆哮的新園長。

「滾！」新園長張嘴怒吼，突然間，第一顆紅球碰一聲塞入了她的嘴巴。

「不給糖，就搗蛋喔。」空空站在一旁，臉上是可怕的獰笑。

「嗚嗚。」新園長嘴裡塞著球，無法講話，但嘴把也無法閉上，接著，第二顆綠球也跳入了她的嘴巴。

「嗚。」新園長嘴巴被兩顆塑膠球擠到了極限，下巴都要脫臼了，她伸出雙手想掏出塑膠球，卻因爲塑膠球卡得太緊，一時間掏不出來。

而下一秒，砰的一聲，又一顆紫色球也塞入了新園長的嘴巴。

「嗚嗚嗚嗚。」新園長的嘴巴竟可以塞下三顆球，她卡的一聲下巴脫臼，疼痛的眼淚流滿了臉頰。

但不只如此，砰的一聲，第四顆白球也塞了進來。

嘴巴已經塞不下四顆球，於是，原本的紅球就這樣被往下推，推到了新園長的咽喉。

新園長的喉嚨，就這樣鼓出一顆球的高度。

「嗚嗚嗚嗚嗚。」新園長痛苦的呻吟，但什麼聲音也發不出來。

緊接著，是第五顆，第六顆，第七顆……七彩繽紛，紅橙黃綠藍靛紫的球，在空中往復跳躍，不斷的跳入新園長的嘴裡，每跳一顆下去，就把前面那一顆往下擠。

擠到後來，新園長的肚子，已經鼓成一座小山，原本苗條的她，有如一個即將炸開的大氣球。

「嗚嗚嗚嗚。」新園長的眼睛已經漲到完全睜不開。

「搗蛋囉，嘻嘻。」只見空空手一揮，最後一顆球，黑色的，咚的一聲跳入新園長的嘴裡。

而這最後一顆黑球，代表的正是新園長身體的極限。

塞入的同時，一旁的樂姨，忍不住閉上了眼，她不忍心看。

那爆音，並沒有想像中大，像是一個大塑膠袋被灌滿了氣，最後破掉的沉悶聲響，還有，一大團染血塑膠球垮落的聲音。

而當塑膠球在地面跳動，空空轉過了半個身子，朝向了第三個人，老鍾。

「要給糖？還是搗蛋呢？」

「等等，你怎麼會找我？」老鍾神情變得古怪，「我是召喚你的人啊，你怎麼會找上我？」

「要給糖？還是搗蛋呢？」空空露齒而笑，這笑容讓樂姨想起了飢餓的野獸。

「該死！」老鍾的臉瞬間變得蒼白，他的臉，瞬間轉向了樂姨。「妳，是妳進來的時候把我帶進來的！」

「什麼意思？」樂姨一愣，而順著老鍾的目光，她看向了自己腳踝。

那裡，套著那個來自小叔公的金色腳鍊。

對，就是那一聲輕巧的「叮」聲，把樂姨帶入了空空的世界，而那時候，樂姨正抓著老鍾的手。

於是，兩個人都一起進入了空空的世界，也就是土地的悲傷記憶之中。

「不給糖，就搗蛋喔。」空空狠瞪著老鍾，嘴角揚起。

「不給糖，就搗蛋嗎？」老鍾呼吸急促起來。「等等，剛才的黃老師和新園長兩個，都是堅持不給糖，所以才被弄死，那……那我換一個！我給糖！」

「你要給糖？」空空歪著頭。

「對，所以不要搗蛋。」老鍾抹了抹額頭的汗，從懷裡一陣掏摸，還眞的讓他掏出了幾顆糖。

畢竟是在幼兒園當職，懷裡備著幾顆糖來騙騙小孩，也是正常的。

「這不是我要的糖。」

「咦？」

「你選了糖，」空空突然笑了，笑容陰森而恐怖。「而我要的糖，是你一直在這裡，陪我玩。」

「啊？」老鍾一愣。

下一秒，樂姨看見了，老鍾突然整個人摔倒，被一股看不見的力量往後拖，他伸出雙手掙扎卻毫無效果，只見老鍾被拖入隔壁的教室，然後碰的一聲，隔壁教室的門關上。

然後，隔壁教室外，開始傳來各種奇怪聲響。

那些聲響，不是人類可以發出的聲音。

來自地獄令人戰慄的呻吟、斷斷續續腐蝕人心的哭泣，以及有如指甲摩擦窗戶的詭異笑聲，還有突然炸裂讓心臟抽搐的吼聲，這些都是鬼的聲音。

而且，讓樂姨感到渾身發毛的是，此刻老鍾的遭遇，就如同當年他對空空做的事一模一樣，嚇他！

只是最最最可怕的是，老鍾不會死。

他的魂魄將與這塊土地糾纏，永遠不會死，永遠被困在教室中，受到這些驚嚇。

「永遠不死的處罰，才是最慘的。」樂姨喃喃自語。「當時，你以驚嚇小孩爲樂……」

然後，樂姨忽然噤聲，因爲她看著空空處理完了老鍾，有如一抹幽魂，朝著自己飄來。

就算自己不曾參與這段悲傷的歷史，只要自己仍被困在空空的領域裡，她就必須面對嗎？

只聽到空空抬起了頭，他的雙眼中沒有怨恨，也沒有喜悅，只有無盡的荒蕪冷漠。

接著，他開口。

「給糖？還是搗蛋呢？」

「我答對，就會放了那四個小孩嗎？」樂姨鼓起勇氣，對著空空說。

「要糖？還是搗蛋？」空空沒有反應，只是看著樂姨。

「剛剛黃老師和新園長都拒絕給糖，結果都死於搗蛋。」樂姨咬著嘴唇，全身顫抖著。「老鍾自以爲聰明選了給糖，但代價就是永遠被關在這土地中受到驚嚇。」

「要給糖？還是要搗蛋？」

「所以答案都不是這兩個。」樂姨咬著嘴唇，拼命想著，「那答案是什麼？要怎麼樣才能答出正確答案，逃出這裡？」

「要給糖，還是要搗蛋？」空空抬著頭，紅紅的臉，冷漠的眼神，「最後一次問妳囉。」

而樂姨，與空空對望。

她看到空空的眼睛中，那一片荒蕪。

突然想起了自己所教過的小孩們，這些只有七八九歲的孩子們，什麼樣的情況眼中會如此荒蕪，一片死寂？

而此刻的空空雖然可怕，雖然是這個世界的主宰者與行刑者，但他會不會其實還是一個孩子，只是一個孩子而已？每個孩子其實要的東西都一樣。

樂姨知道，她帶過這麼多小孩，無論是聰明如摩摩，安靜如小嚕，害羞如小麥，或是頑劣如阿胖，他們要的東西，其實都只有一個……

「不給糖，那我就要搗……」

下一秒，空空的聲音突然停住了。

因爲，他被抱住了。

他被一個又大又暖的擁抱，給完全包圍住了。

這擁抱沒有心機，沒有憤恨，沒有恐懼，只有單純的溫暖，令人想要放鬆全身盡情大哭的擁抱。

「空空。」樂姨緊緊抱著空空，一如她抱著每個哭泣的孩子。「我看過像你這樣的眼睛，那只會出現在沒有被擁抱過的孩子眼中，你媽媽很少抱你，你老師也不曾抱過你，對不對？」

「……」忽然間，空空沒有說話，只是安靜的，在樂姨的擁抱中。

「老師疼你。」樂姨溫柔的說，「你知道嗎？不要管別人怎麼看你，怎麼笑你，你都是這世界上獨一無二的孩子，你都是最棒的小孩。」

你都是這世界上獨一無二的孩子，你都是最棒的小孩。

這幾秒鐘，樂姨只是擁抱著，對她而言，喜歡孩子的她，就是喜歡擁抱孩子，來自孩子小小的身體，小小的骨架，還有那一點點小小的倔強，樂姨都喜歡，她全心全意的擁抱著。

直到，當她發現，她懷中的空空，也伸出了雙手，摟住了樂姨的肩膀，然後，放聲大哭起來。

哭聲好大，大到周圍的空氣都開始波動，地板搖晃，整個走廊都扭曲了起來。

樂姨只是抱著，她在哭聲中，確實聽到了空空的委屈，他只是一個孩子，一個沒有被人抱抱的孩子。

「嗯，」樂姨溫柔的摸著空空的頭髮。「想哭就哭喔，老師疼你。」

空空哭著，大哭著，哭到大地都震動著，哭到整個幻覺世界都開始融化。

而樂姨忽然懂了，土地的怨恨縱使深沉，但其實化解方式一直都很簡單，就只是一個擁抱而已，一個對孩子的擁抱而已。

而黃老師、新園長，甚至是工友老鍾，全部都忘記了。

然後，在空空的哭聲中，樂姨看見了那四個小孩，正喊著樂姨的名字，哭著朝自己跑來。

「樂姨老師！」「樂姨老師！」

就在家長等到無法再等，決定拿起手機報警的時候……那四個小孩，不知道從教室的哪一側，跑了出來。

他們伸出雙手，跑向了自己的爸媽。

小麥跑向在診所當獸醫的爸爸，摩摩跑向在小學當老師的媽媽，阿胖跑向在工地當工頭壯碩的爸爸，而小嚕則跑向賣小吃的媽媽。

每個爸媽先是露出驚喜的神情，然後大大的打開了雙手，用力接住了自己的小孩。

這一天，沒有小孩走失。

所有人鬆了一口氣，大家紛紛收拾自己的物品，在幼兒園妥善的引導下，帶著虛驚一場的心情，離開了這次的萬聖節園遊會。

幼兒園後來暫時失去了新園長，按照老園長的說法，新園長經過了這一天，也許太緊張了，導致她得到極度嚴重的胃潰瘍，胃潰瘍之嚴重，像是胃被塞入無數的玩具球然後炸開，她終其一生都沒有回到幼兒園了。

而黃老師也停止了教學，聽說她從樓梯上掉下來，脖子轉了一圈，但沒死，只是必須經過好幾年痛不欲生的復健。

裡面比較奇怪的是，老鍾失蹤了。

因爲他原本就孤家寡人，離群索居，所以去哪裡了也不太有人追究，只是在未來日子裡，每當幼兒園下課後的夜晚，有人看到老鍾的影子，他在教室裡面不斷哭嚎。

哭嚎著說，「我不敢了我不敢了，不要再嚇我了。」

但這傳言畢竟只是傳言，沒有一個人敢大聲的說，自己是眞正的聽到過老鍾的哭聲。

而樂姨呢？

她把自己當時的班級帶到畢業之後就離開了，會多帶一年，是因爲她眞的很喜歡小麥、摩摩、阿胖，和小嚕他們幾個小朋友。

而之後她還是繼續當幼兒園老師，繼續當小孩哭泣時，會蹲下身子擁抱，擁抱那小小的倔強。

「相信你自己，你是獨一無二的。」樂姨的擁抱非常溫柔，像陽光，也像大海，一直是小孩們最喜歡的。

第二篇

拿著刀叉的鬼娃娃

星子

1.

「這麼大了還不會吃飯？你是豬生的是不是？白痴！」

桌子歪歪的，椅子也歪歪的，四周都歪歪的。

「這麼大了喝個水也會打翻？白痴！」

尖銳刺耳的聲音在他耳邊爆炸。

「這麼大了筷子也不會拿？白痴！」

在他耳邊炸開的不僅是聲聲謾罵，還有一記記伴隨著劇痛的耳光——啪——啪啪、啪啪啪啪！

同學歪歪的，窗户也歪歪的，四周都歪歪的。

地板離他好近，咚——一片漆黑。

天強睜開眼睛，自床上坐起，望著暗濛濛的窗——又做了同一個夢。

他數不清自己究竟第幾次做這個夢了，夢裡的他，還停留在二十年前四、五歲時。那時候的他，每天都在捱罵、每天都要捱打。

打他的人不是他爸也不是他媽，是個和他非親非故的女人——是他幼稚園老師。

在夢裡，他見到的桌椅和人總是斜斜的，那是因爲當年的他時常被老師捏著耳朵向上提得整個人踮起腳、歪著頭。腦袋斜斜的，看出去的視野也斜斜的。

老師總是那樣提著他訓話很長一段時間，甚至將嘴巴貼在他耳朵旁尖叫大吼，他只能睜大眼睛撲簌簌的流淚卻不敢哭出聲，被一聲又一聲自耳旁炸開的尖吼和耳光嚇得魂飛魄散，直到踮得僵直的雙腳再也站不住，整個人一屁股坐倒在地，老師才會賞他幾個耳光，令他滾回自己的座位坐好。

至今他都不明白爲何當年老師要那樣對他，有幾次酒後，他向同事們問過這個問題，同事們有的說是因爲她心理變態，有的說自己也曾經碰過這樣的老師，有的則拍胸脯問他，需不需要兄弟們幫忙「處理」她？

他說免了，那老師數年前罹癌過世了。

是他回老家看阿嬤時，聽阿嬤說的。

當年那間幼稚園開在他家附近，老師是園長女兒，收費不算太高，但對獨力扶養他和阿公的阿嬤來說，這負擔依舊沉重。

當時阿嬤苦苦哀求，園長才答應八折讓他就讀。

那時同事聽天強說到這裡，不免都覺得奇怪，天強不是還有個阿公嗎？雖說跛了腳，但是在家看照個孩子，沒那麼難吧。

天強說，阿嬤擔心要是白天將他留在家中，和那從起床就開始酗酒的阿公獨處，可能有天會被阿公活活打死。

送到幼稚園，還安全些。

這也是為什麼即便當年阿嬤替天強洗澡時，見到天強紅腫的臉頰和身上瘀青，也只是要他忍耐點、乖一點，不要惹老師生氣。

要是被園長趕回家的話，可不只是捱幾巴掌、捏捏臉蛋耳朵這麼簡單。

很可能會丟了性命呀！

天強在那間幼稚園待了三年，上小學時，左耳已經有些不靈光了，在學校時總像隻老鼠躲在角落，幾乎不說話，生怕又惹老師生氣，又要被揪耳朵打耳光了。

2.

剛起床的天強踏出廁所，坐在床沿，望著桌上那只紅色紙盒發愣。

時間不早了，他該出門工作了。

他今日的工作是充當快遞，運送那紅色紙盒。

自從一週前，老闆告知由他負責運送紅色紙盒開始，他餐餐食不下嚥、夜夜輾轉難眠，好不容易睡著了，又會夢見當年被老師揪著耳朵吼叫的過往。

鈴鈴鈴鈴——他手機響起，是老闆打來的。

「天強，起床沒？沒忘記你今天的工作吧？」

「我正要出門。」

「很好。」老闆笑著提醒他。「如果這案子成了，你欠的帳一筆勾消，還有額外獎勵，嘿嘿嘿。」

「謝謝老大……」

「跟你說過幾次，不要叫我老大，叫我老闆。」

「是的……老闆，我會注意。」天強掛上電話，將紅色紙盒塞進背包，揹上背包出門。

一小時後，他在便利商店附近停了車，走進便利商店挑了幾樣早餐，來到用餐區默默吃著。

他隔窗望著對街幼兒園教室裡，年輕女老師帶著小朋友們做體操的模樣。

他一直不太關心時事，沒聽說過什麼幼托整合政策，只知道不知從什麼時候開始，幼稚園都改叫幼兒園了。

今天他的工作就是將那紅色紙盒送去對街這間幼兒園，交給園長或是老師，讓他們親手拆開盒子，與盒子裡的東西對上眼。

儘管聽起來不算困難——但天強內心還是充滿了矛盾和掙扎。

他並不想接下這件工作，但找不到推辭的理由，他欠老闆不少錢，儘管老闆每個月都會從他工資裡扣走一部分抵債，但是他積欠的債務數字卻逐月增加。

除此之外，他沒有其他管道弄到那些「藥」。

那種讓人很爽、很舒服、能忘記一切煩惱的藥。

白話點說，就是毒品。

就算能找著新管道，一樣得花錢買，說不定更貴。

天強任職的公司，名義上是間投顧公司，實際上的業務，卻是幫黑道洗錢，偶爾騙騙小散戶掏出棺材本交給他們操盤投資，將對方吃乾抹淨。

公司老闆三不五十帶大家喝酒尋歡，酒酣耳熱之際，還會提供些安非他命、搖頭丸之類的助興玩意兒作為犒賞。

於是，員工們更死忠了，或者說，不得不死忠了。

天強望著幼兒園教室裡，有個小孩跌倒了，哇哇大哭起來。

——白痴，都這麼大了，走路還會跌倒，你是豬嗎？

不知怎地，這樣的叱罵在天強腦海裡一閃而過——要是當年自己跌倒了，肯定會被這樣臭罵吧——不止，說不定還要被揪著耳朵，提到腳尖離地，狠狠捱幾下巴掌。

眞是可悲啊，那麼小的他，竟然只有「每天捱女老師巴掌」和「被酗酒阿公活活打死」兩種選擇。

——阿強，阿嬤知道你難受委屈，可是你要忍耐，你沒有地方可以去，你要乖乖待在學校裡。雖然老師很凶，會打你，但是阿公更凶，不但會打你，還會打死你……

直到很久很久以後，天強才知道，年幼時的阿公，並不是他眞正的阿公，只是阿嬤的同居人，喝了酒六親不認，成天嚷嚷要找出天強的爸爸跟阿公，宰了他們，然後宰了天強這個小雜種。

天強望著前方幼兒園教室裡，望著女老師抱起那個跌倒的小孩，將他摟在懷中，摸摸他的頭、秀秀他摔疼的手。

「幹！好好喔……」天強乾笑兩聲，不知怎地有些嫉妒那小孩。「平平都有繳學費，爲什麼你們碰到天使，我碰到巫婆……」

桌上手機螢幕亮了亮，是老闆傳訊息問他工作情況，這令天強不得不起身，揭開背包，捧出那紅色紙盒。

他望著紙盒，雙手不停顫抖，他仰起頭，閉起眼睛，深深吸氣，彷彿替自己做著心理建設。

——老闆，我們這樣……算是殺人嗎？

——當然不算啊，人又不是我們殺的。

手機又閃了閃，老闆再次傳來訊息。

天強睜開眼睛，捧起紅色紙盒走出便利商店，走進那家庭式幼兒園，還沒踏過大門，就聽見小朋友們聲聲呼喊：「小潔老師、小潔老師，有人來了。」

小潔其實不是正式幼教師，她剛畢業不久，在這幼兒園擔任助理教保員，同時準備著幼教老師甄試。她見天強踏進小院、走向教室，便上前迎接，親切的問：「先生，你……是家長嗎？」

「不……」天強望著小潔那雙漂亮眼睛和水潤俏唇，不禁有種在天寒地凍風雨中見到了破雲而出的陽光般微微出神。

同時，他也感到胸口隱隱作痛，呼吸有些困難——正是因為見著了這麼溫暖且漂亮的她，讓他更不願送出紅盒子了，他艱難的問：「妳們園長……是不是姓江？」

「是啊！你要找園長？」小潔轉身，對小朋友說：「去幫小潔老師請園長過來，說有人找她。」

「園長！」「園長——」小朋友們有些往房間奔去，有些嚷嚷叫著。「有人找妳，園長——」

天強也不等江園長出來，直接將紅色紙盒遞向小潔，顫抖的說：「這是給江園長的包裹。」

「啊？」小潔接下紅色紙盒，稍稍翻看幾眼，只見紙盒上沒有任何郵寄資料。

「有人寄包裹給我？」江園長走出房間，她年紀約莫六十出頭，隨口問了句：「誰寄的啊？」

「我不知道、不知道……」天強連連搖頭，心虛的轉身奔出小院。

「啊？」江園長和小潔相望一眼，都有些困惑。「那是快遞員？怎麼怪怪的？包裹不用簽收嗎？」

「裡頭什麼東西啊？」江園長從小潔手中接過紅色紙盒，發現這紅色紙盒甚至沒有封死，便直接揭開盒蓋——

裡頭裝著一隻三十公分高的娃娃。

娃娃比例是短手短腳的三頭身，戴著粗框眼鏡，笑容有些呆傻，穿著制服百褶裙，揹著一只紅色小書包。

小朋友們聽園長說到「娃娃」兩個字，紛紛圍到了小潔和江園長身邊，仰著頭看那娃娃。「是娃娃？」「我要看！」

江園長困惑望著小潔，說：「是誰送娃娃給我們？」

「是家長嗎？送給小孩玩的？」小潔端倪著盒中娃娃，笑著說：「還蠻可愛的……」

「如果是家長，為什麼不自己送來呢？而且剛剛那快遞怎麼那麼奇怪？」江園長依舊困惑，將整盒娃娃連同盒蓋，一齊遞給小潔。「等等阿蘭跟美玉老師來了，問問是不是她們的東西。」

「好。」小潔捧著娃娃細細端倪，一面和小朋友說，要先問過美玉老師和阿蘭老師，確定這娃娃是誰的，才能決定能不能給大家玩——不是自己的東西，沒有主人同意，不能隨便拿來玩。

她還沒說完，又聽見院子裡傳來一聲大吼——

「等等！不好意思——」是天強又跑回幼兒園院子，扯著喉嚨急急叫嚷：「送錯了送錯了，那不是送給妳們的東西！」

「啊？」小潔轉過身，只見天強奔到教室門口，指著她手中的紅色紙盒，連連喘氣說：「對……對不起……我送錯了……這不是妳們的東西，可以還給我嗎？」

「可是……」小潔有些遲疑。「你剛剛不是找江園長……這娃娃不是給江園長的？」

「呃……」天強喘著氣、抓著頭，想了想，說：「我……我弄錯了，這東西是要交給『江院長』，不是給妳們，不好意思……」

小潔呆了呆，望向江園長，江園長苦笑點頭，示意小潔將娃娃還給天強，小潔便照做了。

「謝謝！不好意思！打擾了……」天強顫抖的接過紅紙盒，不敢直視娃娃眼睛，小心翼翼的蓋上盒蓋、將紙盒裝進背包，這才稍稍鬆了口氣，向江園長和小潔深深一鞠躬，匆匆離去。

3.

「是……老闆，我把娃娃送去那間幼兒園了……」天強跨坐在機車上，打電話向老闆回報——他自然得說謊了。「是……幼兒園園長有打開盒子，把娃娃拿出來給學生玩，小朋友好像都很喜歡那個娃娃……」

「哈哈哈，喜歡就好。你快回公司，大家在吵晚上去哪家店嘿皮，說要投票，現在平手，差你一票。」老闆在電話那端，神祕兮兮的說：「我弄到好東西，不用記帳，免費讓你爽。」

「老闆……」天強感到口乾舌燥，腦袋有些暈眩。「我……我好像感冒了，現在全身不舒服，我想去看醫生，然後回家睡一覺，可以嗎？」

「可以可以，你好好休息吧，明天再來爽。」

「謝謝老大……不，謝謝老闆。」

天強掛上電話，戴上安全帽，茫然回頭，望了遠處那幼兒園一眼，默默發動引擎，騎出巷弄。

天強在街上騎了半晌，也不知道自己該騎去哪兒，他甚至不知道自己剛剛爲什麼回頭去又將娃娃討了回來——只因為小潔長得可愛漂亮？

似乎不是，可愛漂亮的女孩，他不是沒有見過，老闆時常帶著他們四處玩樂，可愛漂亮的女孩到處都是。

而是在見到小潔之前，他就打從心底不願意接下這份工作了。

他不想害人——雖然他任職的這間公司裡的一切業務，十之八九和害人脫不了關係，但對於主要負責開車打雜跑腿的天強而言，開車打雜跑腿，終究和殺人放火不太一樣。

但偏偏這次，公司裡的前輩同事們沒半個人想碰這件案子，老闆才將這重擔放在最菜的他肩上，說老早就覺得他有潛力，將來大有可為，只要他順利把娃娃送進幼兒園，絕對會好好犒賞他。

這自然不是普通的娃娃，而是老闆砸下重本，向一位神祕大師買來的娃娃。

厲害的不是娃娃本身，而是娃娃身體裡的東西。

老闆說，那東西能讓他的計畫成功。

公司裡同事起初都說老闆被騙了，說天底下怎麼可能有這種東西。

但老闆神祕兮兮的說，他起初也以為對方是個騙子，本來還打算揍他一頓，但那位大師當著他的面，證明給他看，讓他不信都不行。

同事們聽老闆這麼說，依舊半信半疑。

老闆索性帶著公司上下一同去取貨、一同眼見爲憑。

天強永遠也忘不了當晚見到的情景——

一個三十公分高的娃娃，拿著刀叉，撲在一頭活豬後頸上，花了一小時不到，將整頭活豬吃得只剩下一副血淋淋的骨架。

大師還派徒弟將豬骨架拿去煮成了藥燉排骨湯，招待天強老闆一行人。

天強當時勉強喝了一口，便忍不住吐了。

幾個曾經從事暴力討債的同事前輩雖然沒吐，但也有些食不下嚥。

他們自然都不是素食主義者，也不覺得吃豬有什麼不妥，但端著湯碗，腦海裡立時浮現剛剛那頭可憐的豬，在悽慘嚎叫中，鼻子耳朵一塊塊地被扯下割裂啃噬，屎尿血水橫流一地的慘狀。

「老闆……你要我把這個娃娃，送去那間幼兒園？」

當時，天強不敢置信的望著老闆。

在老鳥同事們紛紛拒絕接下這工作時，老闆點名了天強，說這件事就交給他了。

「要是娃娃吃了人……」天強顫抖的問：「我們等於是殺人凶手？」

「當然不是！」老闆理直氣壯的回答：「又不是我們殺的，這娃娃幹了什麼，跟我們有什麼關係！」

天強顯然無法接受這樣的答案，但他不敢頂撞老闆。

老闆按著天強肩膀，安撫他說：「放心，大師說過這娃娃很聽話，不會亂來，只會針對目標下手，絕對不會傷害你，你不用害怕，知道嗎？」

天強騎著騎著，來到了河堤。

他停妥車，揹著背包走上堤坡，望著平靜河水，思索著下一步該怎麼做——如果老闆發現他說謊，會有什麼反應呢？會像過去公司還兼職暴力討債時那樣，叫前輩們把他打到奄奄一息之後再埋進土裡？還是會把他五花大綁，送給大師，讓大師將他煉成下一個娃娃呢？

天強搖搖頭，不願再想像那種畫面。

他揭開背包，取出紅盒子，緩緩走向河岸——從這兒將娃娃丟下河，會一路漂進海裡吧，到時候娃娃應當找不到回家的路了吧？應該沒辦法回來找他算帳吧？

他一想起娃娃吃活豬的模樣，立時感到一陣惡寒，加快腳步走向河岸，左顧右盼，像是在挑選拋盒地點。

陡然，他覺得不對勁。

紅盒子的重量不對勁。

他連忙蹲下，揭開盒子，空的。

4.

幼兒園教室裡，二十四名孩童分坐四桌，聽著幼教師周媽媽說明過兩天萬聖節變裝活動內容。

「美玉老師我要演蜘蛛人！」話最多的小鬧舉手說。

「好。」周媽媽點點頭。「你演蜘蛛人。」

「我也要演蜘蛛人。」話第二多的吵吵不甘落於人後，立時也舉起手。

「好，你們都演蜘蛛人。」

「好。」小鬧望著吵吵，說：「我演眞蜘蛛人，妳演假蜘蛛人。」

「爲什麼？」吵吵說：「我演眞蜘蛛人，你才演假的。」

「因爲眞的蜘蛛人是男生，妳是女生，當然是假的。」

「誰說的，女生也可以是眞蜘蛛人！」

「停——」周媽媽立時阻止小鬧跟吵吵繼續吵鬧，她說：「只要你們爸爸媽媽不反對，大家想演誰就演誰，二十四個小朋友全部演蜘蛛人也行。」

「不要……我討厭蜘蛛。」「我要演超人。」「我要演吸血鬼。」「我要演太子爺。」

整間教室鬧哄哄的，你一言我一語的嚷嚷自己屬意的變裝對象。

周媽媽十分熟稔小朋友們的情緒節奏，趁著大夥兒各自抒發的當下，喝了口水，休息幾秒，又說：「你們選好想扮演的角色之後，向小潔老師登記，小潔老師會上網找資料，想想怎麼替你們化妝——當然如果你們不要小潔老師替你們化妝，要爸爸媽媽替你們化好妝過來也行。」

「不要選太難的喔。」小潔在一旁補充。「如果爸爸媽媽替你們準備衣服那最好，沒有的話，教室也有一些衣服大家等下可以挑看看，但是蜘蛛人的衣服只有三套，太多人選的話，就要抽籤囉；大家今天回家時，跟爸爸媽媽討論看看，看是要自己準備衣服，還是讓老師幫你準備。」

「阿蘭老師！」「是布丁！」「布丁——」

小朋友們見到阿蘭提著一袋布丁，走進教室，興奮的叫嚷起來。

阿蘭是江園長女兒，同時身兼教保員、行政、會計和打雜，她踏進教室，朝興奮的小朋友們揚了揚那袋布丁，跟著，另一手，舉起一隻娃娃，問：「這個娃娃哪來的啊？」

「嗯？」周媽媽呆了呆。「什麼娃娃？」

「啊！」小潔盯著娃娃驚呼一聲，小朋友們也紛紛認出阿蘭手中娃娃，正是今天紅盒子裡那隻娃娃。

「這娃娃……」小潔上前接過娃娃，左右翻看，向阿蘭說了今天上午天強送貨這件事。

阿蘭聽得一頭霧水，愕然問：「妳是說，有個怪人，帶著這娃娃給江園長？然後過了一會兒又回來要走娃娃，說這娃娃不是給江園長，是給江院長？」

「對。」小潔和小朋友們，一齊點頭。

阿蘭指了指教室外，說：「可是我剛來，就看到這娃娃擺在教室外面門旁邊。」

「啊？」小潔愕然不解。「中午我出去時，沒有看到有娃娃，那人午休時又來了一趟？」她轉頭問小朋友：「中午大家有看到早上那個哥哥嗎？」

「沒有。」小朋友紛紛搖頭。

「奇怪了……」小潔歪著頭思索。

「小潔，妳先發布丁好了。」周媽媽上前從阿蘭手中取過布丁，轉交給小潔，然後拉著阿蘭走出教室，來到前院角落，低聲說：「小潔和我說過上午的事，我覺得不太對勁……」

「啊？美玉姐，哪裡不對勁？」阿蘭不解的問。

「我記得妳媽媽說過——」周媽媽說：「不久之前接過一通電話，說想買我們幼兒園房子，她不答應，後來妳們有收到一封恐嚇信？」

「對。」阿蘭點點頭。「其實那封信寫得很含蓄，報警警察也不見得會受理，媽本來打算再看看情況，後來一直沒有事發生，我們也就算了……嗯，美玉姐，妳覺得這娃娃跟那時候的事有關？」

「我不確定。」周媽媽無奈說：「那怪人送娃娃來的時候，我還沒到，沒見到他，我們先等妳媽從銀行回來再說吧——這娃娃，就先擺回原來的位置，免得有人上門說我們拿他娃娃，要我們賠……」

「也對。」阿蘭點點頭，將那娃娃擺回原本教室門旁。

兩人剛進教室，聽見前院腳步聲，轉頭見到是江園長回來了。

「媽……妳看這娃娃……」阿蘭立時走出教室，上前拉著江園長胳臂，指著教室門旁——

門旁沒有娃娃。

「什麼娃娃？」江園長問。

「為什麼不見了？」阿蘭錯愕半晌，朝著教室呼喊：「美玉姐……妳把娃娃拿進去了？」

「什麼？」周媽媽聽阿蘭這麼喊，也出了教室，循著阿蘭手指望去，見門旁空空如也，也是一呆。「娃娃呢？」

「不見了，我以為妳拿進去了，所以才喊妳……」阿蘭茫然搖頭。

「難道被野狗叼走了？」周媽媽愕然呢喃。

「妳們到底在講什麼娃娃？」江園長哭笑不得。「進去說吧。」

三人進了教室，見小朋友分成兩群。

一群端著布丁，圍著小潔，向小潔登記自己萬聖節活動時扮演的角色。

另一群，同樣端著布丁，擠在教室角落嘻笑。

阿蘭走向第二群小朋友，像是好奇他們笑什麼，驚呼一聲。

「怎麼了？」周媽媽連忙趕去，只見那話最多的小鬧，懷裡抱著一隻娃娃，戴著粗框眼鏡、揹著紅色小書包、笑容呆傻，正是那隻自門旁消失的娃娃。

小鬧輕輕晃著懷中娃娃，像是在哄它睡覺一般。

「這娃娃妳什麼時候拿進來的？」阿蘭怯怯的問。

小鬧朝阿蘭豎起食指抵在嘴前，噓了一聲，說：「阿月說她很睏，想睡覺。」

「阿月？」阿蘭望著小鬧懷中的那隻娃娃，愣愣的問：「妳爲什麼叫它阿月？」

「阿月是她，她是阿月。」小鬧這麼說：「她是我們的新同學。」

5.

傍晚，國中生家宜放學返家，一進門，就聞到一股濃濃的薑湯氣味，不禁呆了呆。

她拖鞋進屋，見媽媽佇在自家神桌前，雙手合十，握著一只古銅色懷錶，凝神祝禱。

她轉頭向沙發上就讀國小的弟弟家瑋輕聲問：「怎麼回事？」

家瑋只是聳聳肩，神祕兮兮的吐了吐舌頭。「妳猜猜。」

「哼……」家宜懶得猜，直接走向廚房，望著廚房裡攪動薑湯的爺爺，問：「爺爺，是不是有事情？爲什麼煮薑湯……」她見到流理台上同時擺著超市盒裝生薑，和自家陽台種的老薑和薑母，哦了一聲。「是三昧湯？」

「晚點聽妳媽媽說。」爺爺淡淡的說，捏著湯匙，攪動湯鍋，不時喃喃誦唸，又像哼歌、又像唸咒。

晚餐時間，一家五口圍坐餐桌，聽周媽媽講今日幼兒園裡那隻娃娃神出鬼沒的經過。

「是妳想太多了吧。」爸爸隨口說。

「其實我也不確定那娃娃是不是眞的有問題……」周媽媽往家瑋碗裡挾了點青菜。「我沒有家宜家瑋那種體質，但一見那娃娃，總覺得有點不對勁，江園長也同意讓我回來問問媽……如果沒夢見媽的話，就當我想太多了吧。」

「小心點總是好的。」爺爺這麼說：「那些薑糖我都放冰箱裡了，明天帶去給孩子們吃。」

「嗯。」周媽媽點點頭。

翌日一早，小潔來到幼兒園，見阿蘭在庭院踩步，好奇問：「阿蘭姐！怎麼今天這麼早？」

「唔……」阿蘭有些欲言又止，轉頭望了望教室，此時距離上課還有一段時間，她拉著小潔，來到對面便利商店，挑了些早餐上用餐區，對小潔說：「我整晚睡不好，心裡毛毛的，乾脆下樓等美玉姐……」她說到這裡，神祕兮兮的湊近小潔耳邊，低聲說：「晚上我一直聽到樓下教室有聲音，我媽說我想太多。」

「妳……」小潔見阿蘭這副模樣，也不由得緊張起來。「有下樓看看嗎？」

「我才不敢……」阿蘭搖搖頭——這幼兒園二樓透天建築除了室內有樓梯之外，後方還有座樓梯，能從後院直通二樓。「我還沒去教室，我起床之後，從後樓梯下來的……」

「等等我們一起進去看看情形？」小潔這麼說。

「妳都不會害怕？」阿蘭問。

「我覺得……」小潔苦笑了笑。「應該是誤會吧……例如有小朋友趁我們不注意時，把娃娃拿進教室……」

「如果是這樣那最好了。」阿蘭吃著早餐。「等美玉姐來了就知道了。」

「美玉老師這麼厲害？」小潔好奇問：「她能看出那娃娃有沒有問題？」

「不。」阿蘭神祕兮兮的說：「厲害的不是美玉姐，是她婆婆，周家奶奶——」

「啊？美玉姐婆婆不是已經……」小潔有些錯愕，她記得周媽媽曾說過婆婆過世好幾年了。

「對啊。」阿蘭說：「美玉姐婆婆生前算是半個修行人吧，怎麼說呢，就是那種有陰陽眼，看得到妳我看不到的東西，據說還懂得不少神祕法術；她婆婆過世之後，美玉姐一家把婆婆牌位擺在神桌菩薩旁邊，早晚和菩薩一起拜，就像是她們家家神一樣呢。」

「家神……」小潔聽得似懂非懂。

「美玉姐兩個孩子都有陰陽眼，之前常常撞著不乾淨的東西。」阿蘭繼續說：「先前我跟我媽，偶爾被煞到，就會拜託美玉姐，請她公公煮薑湯給我們喝。」

「薑湯？爲什麼要喝薑湯？」小潔問。

「美玉姐婆婆生前煮的薑湯可以擋煞。」阿蘭說：「美玉姐公公也會煮這種薑湯，據說要一邊煮一邊唸咒，才會有效……」

「這樣啊……」小潔聽得一臉茫然，像是半信半疑，突然瞥見一個身影，走到阿蘭身後。

是天強。

天強眼圈烏黑、神情憔悴，彷彿一夜沒睡。

阿蘭轉頭，見到天強模樣嚇人，不由得一縮身子。「先生，你有事嗎？」

小潔倒是認得天強模樣，驚呼說：「是你……」

「娃娃……沒事吧？」天強喃喃的說：「今天三十號……明天她才會行動，

應該沒事才對……」

「你……你說什麼？娃娃？」阿蘭愕然望著天強。

小潔在旁補充說：「阿蘭姐，他就是昨天送娃娃過來的那個快遞員……」

「什麼？娃娃是你送來的？」阿蘭驚訝問。

「把娃娃給我。」天強說：「趁她還沒開始行動之前，讓我帶走她，就不會出事……拜託，我不想……我不想害人……」

「我們本來就沒有要那個娃娃，昨天也讓你帶走了，可是……」小潔苦笑說：「你走之後，娃娃又出現了。」

「這次我會帶走她，眞的。」天強摘下後背包，揭開，從中抓出一大把平安符、佛珠，是他花了一整天時間，跑遍大小廟宇求來的符籙。「我問過好多廟，有個師公說可以幫我處理，我把娃娃帶給他，讓他施法燒掉，大家都不會有事，好不好……」

「先生你別激動，我們現在就去拿娃娃給你……」阿蘭見天強雙眼佈滿血絲，有些害怕，拉起小潔走出便利商店，來到幼兒園門前，取出遙控器揭開鐵捲門，接著揭開玻璃門，見到教室陰暗，櫥櫃上那娃娃面向自己，不由得有些害怕，她轉頭，見到天強站在院子外，便對他說：「先生……我有點害怕那個娃娃，你可以自己進來把它拿走嗎？」

天強聽阿蘭喊怕，身子也微微一抖，喃喃問：「妳害怕？她做了什麼？」

「我不知道。」阿蘭和小潔相望一眼，說：「昨天我把娃娃擺在門口，一進教室，就見到小朋友拿著娃娃，我雖然沒有親眼看到，但總覺得……她好像神出鬼沒的……」

天強嚥了一口口水，走進教室，喃喃碎唸：「不怕不怕，今天是三十號，不會有事……明天才是萬聖夜……」

「萬聖夜？」阿蘭和小潔聽天強提到萬聖夜，狐疑的問：「跟萬聖夜有什麼關係？」

「萬聖夜……」天強回頭望了阿蘭和小潔一眼，喃喃說：「這個娃娃，要到萬聖夜當天才會開始工作，這是大師給她的指令，這娃娃很聽話的，不會亂來……」

「工作？」阿蘭不解問：「什麼工作？」

「……」天強沒有回答，提著背包快步走到娃娃面前，吸了口氣，將一整圈平安符一口氣全掛上娃娃頸子，再粗魯的抓起娃娃、塞進背包、拉緊拉鍊，提在手上，快步往外走。

阿蘭和小潔跟了出去，只見天強二話不說跨上機車，將裝著娃娃的背包放在腳踏板上，戴上安全帽、發動引擎，往大街駛去。

嘰——

眼見就要駛出巷口的天強，突然像是觸電一般，機車陡然急轉，撞上路邊一輛轎車。

「喝——」阿蘭和小潔見到這車禍發生得這麼突然，都愣住一兩秒，跟著尖叫，奔向天強，取出手機叫救護車。

天強癱在轎車邊，腦袋撞得暈眩恍惚，左顧右盼，指著自己的背包。

阿蘭和小潔相視一眼，走近兩步，都深吸了口氣——

背包拉鍊敞著，整個背包是癟的，裡頭顯然是空的。

娃娃呢？

娃娃好端端的坐在教室小櫃上，和阿蘭開門見著的姿勢一模一樣。

差別只在頭髮有凌亂，衣服上沾了些塵土。

阿蘭和小潔緊緊勾著彼此胳臂，都不敢踏進教室一步。

剛剛，她們等救護車載走天強之後，戰戰兢兢的返回幼兒園，見到娃娃果然端坐其中，都嚇得腿軟——昨天娃娃神出鬼沒，她們並未全程目睹，但今日這過程，可完全沒辦法再用「想太多了」來解釋了。

「怎麼了？怎麼那麼吵？」江園長打著哈欠，走下二樓。

「媽，妳不要下來——」「江園長！」阿蘭和小潔，站在教室外，朝著園長連連搖手，示意她別下一樓教室。

「怎麼啦？」江園長一時不明白阿蘭和小潔意思，繼續走向一樓，只見阿蘭鞋也不脫，衝來她面前，拉著她胳臂將她往教室外拽，愕然問著：「到底什麼事呀？」

「媽！出來外面說——」阿蘭嚷嚷叫著，硬是將江園長拉到前院，大力關上教室玻璃門，正要講述剛剛發生的事，周媽媽剛好也來了。

江園長和周媽媽，聽阿蘭和小潔將剛剛發生的事，一五一十講了一遍，可聽得瞠目結舌。

四人思索半晌，做出兩個結論——

一是考量到孩子們安全，在無法臨時停課的情況下，今日改爲校外教學，四人從後方樓梯上樓，讓江園長和阿蘭換裝準備，接著返回前院，打起精神笑呵呵的迎接家長和學童們。

小朋友到了幼兒園，聽江園長說今天要帶他們上公園寫生，都樂不可支。

二是江園長今日得辛勞點，和阿蘭負責看照孩子們；周媽媽和小潔，要跑一趟醫院，探探天強。

周媽媽想將娃娃的來龍去脈，問個一清二楚。

在剛剛前院小會議裡，周媽媽從皮包中取出一只古銅色懷錶，對江園長等人說，昨夜婆婆託夢給她，吩咐在她今天上班時，將這只懷錶戴在身上。

周媽媽說，這是婆婆生前最喜歡的懷錶，是某年七夕公公送給婆婆的禮物，婆婆過世之後，公公無時無刻都帶著這只懷錶，不時和錶說些悄悄話。

在某些緊要關頭，公公能夠從懷錶裡聽見婆婆的回答。

例如早些時候清明掃墓，女兒家宜被小鬼糾纏、兒子家瑋被老鬼拐上山時，都在婆婆提點下逢凶化了吉。

又例如不久之前中元普渡，對門那苦命鄰居爲了抵抗惡霸騷擾，豢養惡鬼反擊，卻遭惡鬼附身，差點鬧出人命，也是她婆婆出馬，帶領一家子齊心協力，最終降伏了惡鬼。

6.

近午時分，周媽媽和小潔，在協助江園長和阿蘭將學童們帶到公園、安頓妥當後，又返回了幼兒園——周媽媽得在前往醫院探望天強之前，先進教室一趟——

這可是婆婆昨夜託夢時的叮囑之一。

婆婆想親眼瞧瞧那娃娃究竟是何方神聖。

兩人望著緩緩開啓的鐵捲門，不由得相望一眼，心中緊張得難以言喻。

周媽媽不是什麼修道高人，也不是乩身法師，她只是個再普通不過的幼教老師，嫁了個平凡老公，有一對兒女，一個總是瞇著眼睛呵呵笑的公公，和一個不簡單的婆婆，也因爲婆婆不簡單的緣故，令她這職業婦女，在此時此刻，得像是奇幻小說裡驅魔法師那般，去見識那恐怖娃娃。

小潔顫抖的拉開玻璃門，教室裡沒開燈，昏暗暗的。

娃娃依舊坐在教室小櫃上。

「媽，我要進教室了，您……」周媽媽深深吸了口氣，雙手握著那掛在頸上的懷錶，閉目祝禱。

——美玉，別怕，媽在。

婆婆的聲音，在周媽媽耳際輕聲響起。

「媽！」周媽媽陡然睜開眼睛，這可是她第一次在醒著的時候，聽見婆婆對她說話。

婆婆的聲音溫柔和藹，如昔似生。

周媽媽不那麼害怕了，脫了鞋，踏進教室，走到小櫃前，望著那娃娃。

——美玉，伸手摸摸她，替她整整頭髮。

周媽媽有些遲疑，仍照著婆婆的囑咐，伸出手，摸了摸娃娃頭髮，替她撫平亂髮。

娃娃一動也不動。

——試著抱起她看看。

周媽媽雙手微微發顫，托至娃娃脅下，將她緩緩往上捧。

——停！

婆婆陡然出聲喊停，周媽媽停下動作，與娃娃對望——娃娃雙眼浮現血絲，始終維持微笑的臉蛋上，隱隱透出怒意。

彷彿對於一而再再而三的遭人搬動，而感到不耐煩。

——放下她吧，動作小點……

周媽媽屏住氣息，緩緩將娃娃放回原位。

——差不多可以走了。別轉身，倒退著走，被讓她盯著妳後背——有些厲鬼性情像是野獸，盯著生人後背，有時會忍不住撲上去。

「……」周媽媽緩步後退，退出了教室，緩緩拉闔玻璃門，再按下鐵捲門，這才鬆了口氣，向小潔說婆婆看完了，要去醫院看天強了。

天強右手打了石膏，頭上纏著繃帶，已經清醒，呆愣愣的望著站在他床邊的周媽媽和小潔，問：「妳們……爲什麼來看我？」

「我們想知道，那娃娃到底是什麼東西？你明明把她裝進背包裡帶走了，結果你莫名其妙撞車，娃娃又回到教室裡了……」小潔說：「當時發生了什麼事？」

「她自己打開背包。」天強說：「伸手出來抓我的腳，我一緊張就撞車了……」

他說到這裡，掀開薄被子，拉高褲管——他左小腿上，有幾道明顯抓痕，小小的，比孩童小手更小。

差不多就是那娃娃手掌大小。

「你爲什麼……」小潔不解的問：「要把這麼可怕的東西送來我們幼兒園？」

天強心虛的轉過頭，支吾半晌才說：「是我老闆……派給我的工作……」

「你老闆是誰？」小潔和周媽媽相望一眼，問：「我們有得罪他嗎？」

「你們幼兒園裡，是不是有個小孩的爸爸是議員？」天強這麼問。

小潔和周媽媽相視一眼，一齊問：「許議員？」

「嗯，我老闆跟許議員有仇……」天強點點頭，娓娓道出前因始末——他那偏門公司老闆，無意間獲得一條內線消息，說是某財團相中一處社區舊樓，計劃收購周邊房產進行都更，打造全新社區，目前消息尚未公布。

老闆打算搶先一步在那地方弄得幾戶，等財團上門收購時，坐地起價、狠撈一筆——江園長這幼兒園不但位於財團計畫範圍內，且是獨棟透天、有前後院、土地方正，條件極佳——自然成爲老闆眼中首選標的。

老闆請手下撥了電話，請江園長開個價，被江園長委婉拒絕了。

老闆也不意外，打算用他過去經營討債公司的粗魯手段，恐嚇江園長賣屋，但他很快發現這招應當行不通，江園長儘管沒有什麼背景，但在當地經營幼兒園多年，和街坊相處和睦、人緣極佳，若他以暴力威逼，等同與附近鄰里宣戰了；二來，他發現自己那老仇家許議員的孩子，也正就讀這間幼兒園，那樣一來，更加不能魯莽行事了。

於是，老闆透過關係，找上一位旁門法師，買來一具怨靈玩偶，計劃趁著萬聖夜變裝活動時，讓娃娃在幼兒園裡大鬧一番，最好鬧出人命、鬧得幼兒園關門大吉、鬧得江園長不得不賣屋——等同讓老闆掌握了殺價籌碼。

至於挑選萬聖夜變裝活動這日子動手，是因為老闆聽說當天家長也會參與活動，老闆想趁這機會，將許議員一齊收拾掉，免得許議員發現他打這幼兒園主意，又來礙手礙腳。

小潔和周媽媽倒抽了口冷氣，這才知道天強老闆送了個恐怖娃娃到他們幼兒園裡，竟是為了在萬聖夜變裝活動當天，讓娃娃刺殺許議員，讓這位於神祕都更案中的幼兒園，迫於輿論無法繼續經營，然後趁火打劫低價買下，等風頭過後，抬價轉賣給財團。

用一隻娃娃，報仇兼發財，就是天強老闆打的如意算盤。

「我看過那娃娃吃活豬的樣子……」天強緩緩說：「我總覺得那娃娃要是見了血，可能會不受控制，說不定連小孩都殺、連妳們都殺——我不希望發生這種事，所以想把娃娃帶走，偷偷埋掉，我跑了好幾間廟，求來一堆平安符，還是帶不走她……」

「……」周媽媽捧著懷錶，說：「我婆婆見過那娃娃了，她說她有辦法治那娃娃，她還要我……請你來我家吃頓飯，她說你本性不壞，或許幫得上忙……」

「什麼……」天強一臉困惑的望著周媽媽，他當然不知道周家奶奶正附在周媽媽手中的懷錶裡，也不知道周家奶奶生前修爲本事，一點也不輸給賣娃娃給他老闆的那個法師。

7.

晚餐時間。

周家餐桌除了周家五口之外，還多了江園長、阿蘭、小潔，以及天強。

周媽媽在江園長幼兒園任教多年，兩家本便熟絡，小潔雖然不曾拜訪過周家，但也見過家宜和家瑋幾次，不算陌生。

席間最尷尬的，莫過於天強了——他與周家、江園長等毫無瓜葛，甚至可以稱得上是敵對關係，此時同桌用餐，不免尷尬拘謹。

「嘿。」家瑋望了天強半晌，忍不住問：「你就是那個送鬼娃娃到幼兒園的快遞哥哥？」

「……」天強聽家瑋這麼問，一時不知該怎麼回答，只能摳摳左耳，說：「我左邊耳朵聽力不太好，抱歉……」

「家瑋，乖乖吃飯，不要多話。」周媽媽往家瑋碗裡挾了些青菜，周爸爸也悶不吭聲的挾了大塊肉進家瑋碗裡，還瞪了家瑋一眼，雖未開口，但意思十分明顯，就是令家瑋閉嘴。

家瑋聳聳肩，大口扒著飯。大夥兒有一搭沒一搭聊著，用完晚餐，爺爺來到神桌前，燒了炷香，祝禱半晌，提起擺在牌位前的懷錶，湊在嘴邊低聲呢喃，再提至耳旁傾聽，如此反覆數次。

天強望著周爺爺背影，儘管他已經大概聽說了周家奶奶事蹟，但仍然覺得有些匪夷所思——周奶奶要周媽媽邀他和江園長等人來家裡晚餐，爲的是商討如何對付那娃娃。

那大師對娃娃下達的行動指令，會在十月三十一號萬聖夜當日啓動，此時已是三十號晚間，也就是說，他們必須在三十一號家長孩子到校前將娃娃處理掉，否則在幼兒園變裝活動上，娃娃很可能用先前吃食活豬的方式來吃許議員了。

自然，直接停課也不失爲一種方法，但他們不清楚找不著目標的娃娃會做出什麼舉動、會不會將目標轉移到其他人身上——例如江園長和阿蘭。

爲免夜長夢多，大家都同意速戰速決。

「來來來，集合集合——」周爺爺提著懷錶，向大夥兒招手。「我老伴已經計劃好了。」

「作戰會議！正式開始！」家瑋興奮揮擊正拳，他在那每週三堂的跆拳道教室裡，已經待了超過半年。他吃完飯，趁著爺爺祝禱時，不僅換上跆拳道服，還掛上小腰包，裡頭塞著滿滿薑糖——

「嘻嘻。」家瑋神祕兮兮的來到天強右側，遞了顆薑糖給他。「給你一顆。」

天強望著手上那枚薑糖，一下子還不明白家瑋意思。

「我爺爺做的薑糖，很厲害的，含在嘴裡，不怕被鬼上身。」家瑋得意洋洋的說：「嗯，其實是我奶奶研究出來，教給我爺爺的。」

周奶奶生前興趣是修習奇門異術，她煮出來的薑湯，喝下肚去，能讓人身上三把火更加旺盛，有擋煞驅鬼之效；周爺爺伴著周奶奶數十年，也學會這薑湯煮法，還將薑湯做成薑糖，便於讓自幼體質陰寒、動不動就見魂引鬼的家宜和家瑋隨身攜帶，平時路過喪事現場便往嘴裡放一顆，避凶擋煞。

「不行！」爺爺見到家瑋給天強薑糖，同時自己也捏著顆糖要往嘴裡送，立時高聲嚷嚷：「奶奶說今晚行動，不能用薑！千萬別吃！」

「啊？」家瑋有些傻眼，捏著薑糖的手僵在空中，喃喃問：「不是說娃娃很凶？」

「這是你奶奶說的——」平時和藹的爺爺此時扳著臉對家瑋說：「還是你要自己問她？」

「家瑋，」周爸爸扠著手，冷冷瞅著家瑋說：「都說打仗要講戰術、講團隊，你又想自己亂來？害慘大家了嗎？」

「哼……」家瑋聽爸爸調侃他之前手遊公會戰，因爲不聽隊長戰術調度，自己一意孤行，結果中了敵方埋伏，輸了比賽，事後被全體公會伙伴點名指責這件事，不禁有些氣惱，嘟著嘴巴將已經拆開的薑糖包回糯米紙裡，塞回小腰包，默默坐在角落生著悶氣。

「媽打算怎麼做？」周爸爸這麼問。

「你媽要我們準備些點心、小吃。」爺爺這麼說，轉頭望向江園長，問：「江園長，妳們幼兒園裡準備的變裝衣服，有給大人穿的嗎？」

「有是有……」江園長點點頭，說：「奶奶打算怎麼做？」

「我老伴要我們等會兒一齊上幼兒園……」周爺爺苦笑說：「替那娃娃辦一場只屬於她的萬聖夜變裝點心茶會。」

「什麼!?」家瑋瞪大眼睛，不敢置信。「我們不是去打鬼娃娃，是要幫她舉辦變裝點心茶會？」

「是呀。」爺爺點點頭，說：「奶奶說她今天見過那鬼娃娃，發現她魂身上帶著不少傷，都是讓符湯出來的……奶奶想用不一樣的方式，來治那娃娃。」

「不一樣的方式？」大夥兒聚到客廳沙發旁，認眞聽起周爺爺轉達周奶奶的作戰計畫。

8.

晚上十一點。

大夥兒分乘周爸爸轎車和一輛計程車，來到江園長幼兒園外。江園長招呼大夥兒進入前院，關上大門，沒有直接進教室，而是繞去後方樓梯，直接上二樓——

江園長這兩層透天，一樓作爲幼兒園使用，二樓除了江園長和阿蘭房間外，還有一間房間平時作爲倉儲，那萬聖節服裝便在房裡。

阿蘭抱出幾件變裝服飾和配件讓大家挑選——由於大人裝扮只有少少幾套，江園長和阿蘭還得翻出私人衣物，供大家胡亂搭配。

周爸爸套上黑色大衣、戴上假獠牙，充當吸血鬼；周媽媽戴上魔法帽、裹著床單扮演魔法師；江園長戴上殺人魔面具；阿蘭戴上貓耳面具；小潔穿上清朝官服扮演殭屍；家宜戴上孩童小妖精翅膀和耳朵；周爺爺戴上恐龍頭套；天強罩上狼人頭套。

最後是家瑋，他本已穿著自豪的跆拳道服，便隨意挑了一個機器人面具戴上，自稱機械跆拳戰士。

大夥兒變裝完畢，下樓開燈。

那隻娃娃一動也不動的坐在小櫃上，笑容看來依舊呆傻。

此時一樓教室幾扇窗都緊閉著、鐵捲門也是拉下的，但眾人明顯感到，有股陰涼微風在教室內盤旋吹拂。

「別怕別怕，奶奶在我們身邊。」周媽媽按了按家宜和家瑋的肩頭。

「我沒怕啊，我等不及想開戰了。」家瑋這麼說，還按了按插在跆拳道褲上的塑膠雙截棍——這可不是幼兒園變裝道具，而是他自個兒帶來的打鬼武器。

大夥兒搬來兩張桌子，併成一只長桌，還在長桌兩側，擺上十只小凳。

周家五口坐一邊，江園長四人坐另一邊——小潔和天強之間，彷彿刻意空出一個坐位，多擺著一只小凳。

接著，大夥兒將攜來的零食點心擺放上桌，分發紙杯、倒滿冷飲，一切準備妥當，所有人不約而同的望向時鐘——十一點五十八分。

「呃——」小潔吸了口氣，按照事先分配好的工作，清了清喉嚨，微笑說：「萬聖夜變裝點心茶會馬上就要開始了，大家都到了吧，有誰還沒到呢？」

喀啦喀啦，一旁小櫃上發出了聲響；喀啦喀啦，大夥兒早有默契般不去理會小櫃。

喀啦——家瑋終於忍不住望了小櫃一眼。

娃娃已經不見了。

家瑋立時望向時鐘，十二點一分。

「萬聖夜變裝點心茶會，正式開始囉。」小潔舉起紙杯，大家也紛紛舉杯。「乾杯——」

家瑋捧起紙杯往嘴巴湊，卻忘記自己戴著機器人面具，飲料灑在寶貝的跆拳道褲襠上，彷彿尿褲子一般。

「好，現在大家來自我介紹吧。」小潔像是活動主持般，高聲說：「我是小潔，我演殭屍，你呢——」她說完，立時望向天強。

「我……」天強有些不自在，摸摸鼻子，接著說：「我……叫李天強，我演……狼人……」

「我是周家瑋，我演機械跆拳戰士！」家瑋一面擦著褲子，一面舉手自我介紹。

大夥兒輪流發言，繞了一圈，阿蘭最後一個自我介紹完，一旁小潔正要開口接話，陡然感到身後漫來一陣惡寒，忍不住打了個哆嗦，只見阿蘭瞪大眼睛，不停努嘴，彷彿在叮嚀她小心背後。

——孩子，別怕，有我在呢。

周奶奶的聲音自小潔耳際響起，此時周奶奶的懷錶，正由小潔戴在身上，她與天強之間那張多出來的小凳子，正是刻意留給娃娃的。

這是小潔第一次親耳聽見周家奶奶說話，只覺得周奶奶說話和藹中透著威嚴，彷彿只要有她在，天塌下來都不用擔心一般。

小潔深吸了口氣，轉過身，望著她身旁那多出來的身影。

那是一個身形接近小學低年級的孩童身影，披著烏黑頭罩斗篷，遮住大部分臉蛋，斗篷後頭，還揹著一只突兀的紅色小書包。

「嗯，小妹妹，妳還沒自我介紹呢。」小潔擠出笑容問。

「阿月……」那小女孩緩緩的說：「我叫……阿月……」

「哦——」小潔問：「阿月呀，妳今天演什麼角色呢？」

「我……」阿月頓了頓，說：「我演……殺人鬼……」

——孩子，照我的話說。

「妳是殺人鬼呀，妳想殺誰呢？」小潔按照周奶奶指示，保持笑容，望著身旁那自稱是阿月的小女童身影。

「師父叫我殺誰……我就……殺誰……」阿月低著頭，緩緩瞥視長桌眾人，彷彿在尋找著目標對象。

她斗篷頭罩下一雙小眼閃動青光，露在斗篷大袖外的雙手遍佈灼傷，兩隻手腕隱約可見銹著一條若隱若現的奇異鐐銬。

「這麼厲害啊！」家瑋壯著膽子伸出手，像是要和阿月握手般。「我叫機械跆拳戰士，幸會……」家瑋剛伸出的手，立時被一旁家宜按下。

家瑋正想抗議，卻見爸爸媽媽都轉頭瞪他，立時不敢再多話。

「今天是萬聖節活動，大家一邊吃點心，一邊講鬼故事吧。」小潔拆開一包洋芋片，吃了幾片，又喝了口飲料，說：「大家想知道怎麼『養鬼』嗎？」

「想。」家瑋舉手答，也拆開一包洋芋片，一手微微掀開面具，一手捏著洋芋片往面具縫隙裡塞。「怎麼養？」

「這個嘛……」小潔一句一句，轉述著周奶奶的話。「這世上人有千千萬萬種，鬼也有千千萬萬種。有些人生前是惡人，死後變成惡鬼，繼續害人；也有些惡人，擅長養鬼害人。」

小潔說到這裡，盯著家瑋——彷彿刻意等他繼續開口提問。

但家瑋正忙著將洋芋片往面具裡送，沒有發現小潔等他搭話。

一旁家宜便搶著說：「養鬼要怎麼養啊？」

「嗯，世間旁門法師驅鬼作惡呀，通常有幾種方法。」小潔繼續說：「利誘、哄騙、威逼──大部分養鬼作祟的方法，都脫離不了這三種方法，其中最壞的方法，就是威逼了。」

「怎麼威逼呢？」戴著恐龍頭罩的周爺爺舉手發問。

「威逼的方法太多了。」小潔答：「雷針扎手、火符燒肉、冰符封口，再不然就是剪舌拔牙刺耳釘眼……世上壞法師想欺負鬼，能想出一萬種方法。」

阿月低著頭，身子微微發顫，兩隻手互相摳抓，像是感到害怕，低聲喃喃自語：「許議員……許議員……師父要我找出許議員……你們誰是許議員？」她這麼說的時候，轉頭望向天強，還探長脖子，嗅了嗅天強氣味，像是在確認他身分般。

「我……我不是許議員……」天強害怕的說：「我是李天強……」

「壞法師要小鬼工作。」小潔冷冷望著阿月，繼續說：「小鬼如果沒能完成使命，回去時可慘了，什麼罪都得捱上一輪呀，腦袋都疼壞啦……」

阿月身子顫抖愈烈，緩緩站起，東張西望，喃喃說：「許議員……在不在呀……」她緩緩走過天強，繞到另一邊，嗅了嗅家瑋腦袋。「你也不是許議員……」

阿月繞了一圈，回到原位坐下，望著小潔，狐疑呢喃：「妳怪怪的……」

「我怪怪的？」小潔此時說話聲音，變得老邁許多，神情也不一樣了——周奶奶直接附上小潔身子與阿月對話。「我哪裡怪啦？」

「妳很老、又不老……」阿月探頭嗅了嗅小潔腦袋。「妳也不是許議員，但妳身上有兩種味道，活的味道、死的味道……妳……」

「活的是這孩子，死的是我。」小潔伸手指了指自己。「我跟妳一樣。」

「妳也是來殺許議員的？」阿月這麼問。

「不。」小潔搖搖頭說：「我是來幫妳的。」

「幫我？妳要幫我找出許議員？」阿月神情茫然，轉頭望了望牆上時鐘。「還剩四十九分鐘……」

「嗯？」小潔問：「妳師父只給妳一小時的時間，沒有完成任務，他就要懲罰妳了？」

「師父說……一小時……如果沒有找到許議員……」阿月面無表情的說：「就隨便找個人，吃了……」她一面說，一面取下紅色書包，揭開，取出一支西餐刀和一柄叉子。

刀和叉上，都還沾著乾涸血跡。

「幹嘛吃人啊，人又不好吃……」家瑋將洋芋片推去阿月面前，說：「吃洋芋片嘛……」

阿月望著家瑋，沒有應答。

「是啊……」家宜也揭開一包糖，推至阿月面前。「糖比較好吃，甜甜的，人很臭耶……」

「吃鹽酥雞好了，來，雞屁股多好吃啊。」「吃顆梅子吧。」「來來來，喝汽水啊……」周家人紛紛將帶來的點心零食，推到阿月面前。

阿月望著眼前零食，彷彿被勾起一些細碎的生前記憶，舔了舔嘴唇，像是微微發饞，卻沒有伸手去拿。

小潔望著阿月，淡淡的說：「有些法師，為了控制亡靈，會用法術束縛亡靈心智、封印亡靈記憶，讓亡靈忘記一切美好的過去，讓他們只認自己作主人、聽自己話……」

她這麼說時，伸指在阿月額心畫下一道咒印，還輕輕點了一下。

阿月愣了愣，彷彿有人找著她腦海深處一扇神祕的門，在門上敲了一下。

那扇門外，彷彿纏繞著密密麻麻的鎖鍊，門裡頭有什麼，連阿月自己也不知道。

「啊——」家宜捏著一枚糖果，湊近阿月嘴巴。「吃糖果，甜甜的。」

阿月微微張口，含下家宜遞來的糖果。酸酸甜甜的滋味在阿月口中擴散化開，比起師父每日餵養的符藥、腐肉、禽血要好過千倍萬倍。

她記得這種甜味，她曾經很喜歡這味道，爲什麼後來再也吃不到了呢？

她是從什麼時候開始，每日被禁錮在小小的娃娃身體裡，三天兩頭被師父用符火燒灼懲罰。

「來，喝果汁。」周媽媽替包裝果汁插上吸管，湊向阿月嘴邊。

阿月吸了一口果汁，咬下周爸爸扠來的鹽酥雞，又吃下周爺爺遞給她的梅子，這些滋味似乎都藏在腦袋裡纏著鎖鍊的那扇門後面。

酸的鹹的甜的，每一口零食都像是一把鑰匙，解開一條鎖鍊。

「嗯……」阿月一口口吃著大夥兒餵她的零食，喀啦啦的推開心中那被鎖上的門，零零星星的甜美滋味潺潺流入她心頭，她啊呀一聲，像是想起一件重要的事，站了起來，東張西望。「媽媽呢？怎麼還沒來接我？」

腦海裡那扇門終於打開了。

距離那時，已經過了好久好久，那是某年某一天的放學時間。

她站在學校旁的公園外，等著媽媽來接她。

那天是她生日，媽媽說要帶她吃大餐。

她見到媽媽在對街下車，東張西望，像是在尋找她的身影。她好興奮，忍不住就朝媽媽奔去。然後磅的一聲，她被一輛貨車撞上半空。

落地之後，她聽見媽媽在尖叫、聽見四周的路人在尖叫，她一動也不能動——再睜開眼睛時，她已經變成一隻娃娃，什麼都不記得了。

「妹妹，妳記得自己媽媽長什麼樣子嗎？」周媽媽見阿月突然找起媽媽，便問：「妳記得她的名字嗎？」

「媽媽……下班來接我……說要帶我吃大餐……」阿月喃喃講述著湧入腦海裡那一幕幕畫面。

儘管敘述得零星破碎，但一點也不複雜，就是一起悲傷的交通事故。

「有些邪派法師，習慣帶些枉死孤魂回家修煉使喚，最好是幼齡孩子，他們見識不多，腦袋洗得乾淨，容易馴養、比較聽話……」小潔淡淡的說，牽起阿月雙手，大力一甩，嘩啦一聲，將鎖著阿月雙手的那副奇異鐐銬，甩落到了地上。

阿月愕然望著地上那鐐銬逐漸化為飛灰消散，兩隻眼睛幽幽青光漸漸褪去，變回了尋常的黑褐眼瞳。

「以後妳再也不用聽妳師父說的鬼話了。」小潔摸摸阿月的頭，對她說：「妳自由了。」

9.

凌晨時分，天強來到公司外，望著公司幾扇燈火通明的窗，隱隱可以聽見裡頭傳出歡鬧笑聲，不久之前，天強也是這種狂歡派對上的常客。

他不知道老闆究竟從哪弄來那麼多厲害的「藥」，用了之後，就無法自拔了。

天強按下電鈴，對講機那端傳來老闆的熱情招呼聲：「天強，你怎麼回事？怎麼打電話給你都不接？」

啪啦啪啦一陣腳步聲奔至門口，開了門，老闆穿著睡袍，睡袍裡只一件內褲，手上抓著一瓶酒。

「事情辦得怎麼樣——啊！」老闆見到天強右手打上石膏、頭上紮著繃帶，錯愕的拉他進屋，問：「你手怎麼了？出車禍了？」

「騎車摔車了……」天強這麼說，提起一只紙袋，遞給老闆。「老闆，這個還給你。」

「這是什麼？」老闆愕然接下紙袋，望著天強。

「我要辭職了。」天強朝老闆深深一鞠躬，說：「請你以後不要再做這種缺德事了，會有報應的。」

「啊？」老闆以為自己聽錯了，陡然揚起手，大喝一聲：「安靜——」公司內歡呼戛然而止，一票員工、女孩們全停下動作，都朝天強望來。

「你說什麼？」老闆咧嘴笑著：「我沒聽清楚，你再講一遍。」

「我說——」天強面無表情的說：「我辭職不幹了，以後你不要再拿藥拐人了、也不要再幹這種缺德事、不要去亂人家幼兒園，會有報應的。」

「你……」老闆先是錯愕幾秒，接著惱火的揚起手，爆著粗口重重甩了天強一耳光。「你敢沒大沒小——這樣跟老大說話！」

天強摀著臉，後退幾步，說：「你不是說不要叫你老大……」

「王八蛋！你說要辭職？」老闆瞪大眼睛說：「你辭職之後想去哪裡？你那筆帳怎麼算？」

「我要去自首，進勒戒所，重新學怎麼當個人……」天強苦笑說：「你要跟我算藥的帳，那我就請警察跟你算……」

「幹——」老闆暴怒將酒瓶砸向天強。

天強被酒瓶砸中胸口，痛得坐倒在地，酒水灑了一身，原本的同事全圍了上來，有的嗆罵他，有的低聲質問：「阿強，你是中邪喔？」「你出車禍撞壞腦子啊？」

「把他帶進房……」老闆喘著氣，雙眼怒得發紅，像是準備對天強動私刑了，他突然呆了呆，望著手上那只紙袋，這才想起天強遞給他的這紙袋，轉頭瞪著天強。「你給我這什麼東西？」

「你說呢？」天強摀著胸口，苦笑說：「如果你態度好一點，我就不用麻煩阿月了。」

「阿月？」老闆愕然問：「誰是阿月？」

老闆還沒說完，手中紙袋啪啦一震，嚇得老闆鬆手落下紙袋。紙袋裡，站出一隻娃娃，揹著紅色小書包，左手拿叉子，右手拿西餐刀，直勾勾的瞪著老闆。

「哇——」同事們大都見過這娃娃，都嚇得退開一大圈，老闆連連後退，又驚又怒的說：「我叫你把娃娃帶去幼兒園，你帶來公司幹嘛？」

「帶她來保護我啊……」天強苦笑撐起身子，說：「不然我走得出去嗎？」

「這娃娃會保護你？」老闆不敢置信說：「你是怎麼控制她的？」

「我沒有控制她。」天強說：「我跟她約好，她保護我，我出來之後，會帶她找她媽媽。我們誰也沒有控制誰，是互相幫忙。」

「什……什麼？」老闆還想說什麼，右腳陡然一陣劇痛——是娃娃將手中西餐刀，插在老闆腳背上。

公司裡燈光明滅，一扇扇窗紛紛上鎖，阿月在青光閃爍之中，現出眞身，拔出老闆腳上的西餐刀，喀啦啦的磨梭起刀叉，瞪著老闆說：「你以後不准欺負天強……」她說到這裡，將剛剛從腳板拔出的西餐刀，轉而插進老闆胳臂上。

「也不准欺負江園長她們……知道嗎？不然的話……」阿月說話聲音含糊不清，因爲口裡還含著一顆糖，那是家宜給她的那包糖。「你們會很慘很慘，就像現在這樣。」

「哇——」老闆慘叫起來，員工和女孩們嚇得魂飛魄散。

天強在混亂中奔出大門，阿月舉著刀叉，不讓天強以外的人離開公司。

天強喘著氣走遠，不時回頭，望著公司窗戶燈光忽明忽滅，耳際隱約聽見一聲聲驚恐慘叫。

他打了電話，告訴周媽媽和小潔她們，他向老闆辭職了，且正往警局走，準備自首；他告訴小潔，他從勒戒所出來之後，會替阿月找媽媽，也會替自己找一份正當工作。

如果一切順利的話，或許明年他能參加江園長幼兒園的變裝點心茶會。

第三篇

施家莊奇譚

獻給高之峰先生

龍雲

1.

我坐在簡陋的木椅上，向後靠著冰冷的椅背，心平氣和的掃視自己所處的環境。

經過了將近二十年，看來有些東西似乎永遠不會改變。

整面白色的牆壁，以及掛在牆上有點年代的時鐘，還有在我右側，只要看過電視或電影都知道有點蹊蹺的雙面鏡，最後就是在房間中央擺著一張大桌子。

在簡單掃視過所處的環境後，我的視線停留在牆上時鐘上。

如果牆上的時鐘沒有錯的話，現在的時間是凌晨十二點半，意味著那該死的一天已經過了，現在已經是十一月一日了。

確定熬過了昨天，我的嘴角不自覺的上揚，我知道我又撐過了一年。

雖然說局勢看起來有點狼狽，不過我的心情卻沒受到多少影響。畢竟眼前的情況跟我原本擔憂的事情相比，真的是不足一提的小事。

說到底這本來就不是什麼嚴重的事情，而且如果時光倒流，回到昨天我開門的那一瞬間，我還是會……

這時偵訊室的門打了開來，一個看起來有點睡眠不足的警員走了進來，瞪了我一眼之後，走到了我對面的位置坐了下來。

坐下之後，一臉不悅的他打開了檔案夾，看了一下裡面的資料，看的時候還不時抬起頭來瞄我一眼。

fix過了一會之後，那警員闔上了檔案夾，然後仰起身來凝視著我，過了一會之後，才緩緩的開口。

「爲什麼？」

好吧，我相信罪證確鑿這句話正是在形容我的狀況，加上我也沒什麼好隱瞞的，所以對於對方如此直白的問題，我也沒什麼意見。

「……他騷擾我。」我給了這樣的答案。

雖然說我不知道所謂的坦白從寬對我現在的處境會不會有任何實質的幫助，但是我還是決定誠實以對……至少現在是如此。

「你不覺得自己反應過度了嗎？」

聽到警員這麼問，我低頭看著自己被上銬的雙手，然後看了看四周的環境，不免覺得有點可笑，到底反應過度的人是誰啊？

不過我並不打算讓自己的處境變得更加難堪，所以我收斂自己的態度，好好的回應了這個問題。

「我確實被他嚇到了。」

「被他什麼嚇到？魁梧的身材，黑色的服裝？他只是一個不滿十歲的小孩啊！你這麼大的人，是有沒有那麼膽小？」

「他不應該在那個時間按我家門鈴，而且還按不只一次。」

「然後呢？這就是你的藉口？」

「不是藉口，我說的是事實。」

「所以每個按你家門鈴的人，你都這樣對待他們？」

「不是，而是在『這一天晚上』按我家門鈴的人。」

睡眠不足的警員凝視著我，臉上浮現出不屑的神情。

「你是活在古代的人嗎？你不知道昨天是什麼節日嗎？那就只是一個習俗，讓小孩子們稍微快樂一下。」

聽到警員這麼說，輪到我臉上浮現出不屑的神情。

「就我所知，那不是我們傳統的節日，這裡是台灣，不是歐美，學人家過什麼萬聖節啊！」

「現在很流行啊，你沒社交軟體嗎？還有家長把小孩扮成安娜貝爾，紅到國外去。」

「什麼萬聖節？什麼不給糖就搗蛋？他是外國人嗎？台灣小孩跟人家過什麼萬聖節？而且他們眞的知道什麼是萬聖節嗎？那就是外國人的中元節啊！你們有看過中元節有一堆人扮成鬼去按人家門鈴嗎？不倫不類！」

面對我略顯激動的情緒，睡眠不足的警員頓時瞪大了雙眼。

「然後呢？」他咆哮道：「你有什麼資格動手？動手就是不對！動手就是不對？這是什麼國中老師的說詞啊？聽到對方這麼說，我眞的覺得很可笑，但是對方卻一點笑意也沒有。

當然，對於對方的說詞我沒什麼意見，就像我說的，跟我原本擔心的相比，這根本就是一件小事，根本沒必要這樣好像發生了什麼恐攻事件一樣，不但驚動警方，還把我這樣銬回來。

這時外面傳來了一些騷動的聲音，似乎有人正在外面大吼大叫。

睡眠不足的警員轉過頭望向門外，然後站起身走到門口，把門打開的同時，外面騷動的聲音也清楚的傳了進來。

「那畜生在那裡？我一定要給他死！把我們家小孩打成這樣，我一定跟他沒完！」

看起來那死小孩的爸爸也趕來警局了，而且一來就製造出這樣騷動的場面。聽到他的話，我不禁搖頭，不過就是幾巴掌、一拳、兩腳，我保證過不到一個禮拜，你那狗娘養的小屁孩又會在那邊惹事生非的。

而且我把他扁一頓，讓他可以比較像個人一樣，你們按理說要感謝我才對。我等於讓你們好好放個假了，不是嗎？

因爲這樣的想法讓我不自覺的冷笑了一下，結果剛好就在這一秒，那原本在外面大鬧的傢伙，不知道爲什麼會突然轉向我這邊，結果透過了那白目警員的門縫，我們四目相對。

對方先是愣了一下之後，似乎立刻知道我就是那個他在尋找的傢伙，因此他立刻朝我這邊衝過來。

在那一瞬間，我整個人縮了一下，不過那個白目的警員，立刻出去偵訊室的同時，將門瞬間關起來。

看到門關起來，我才鬆了一口氣。

我猜那個警員是故意的，故意不讓門關上，讓我聽聽外面那些激動的家屬有什麼樣的反應。

不過我只覺得很可笑，如果不是現在雙手銬著，我倒是不反對警員放一、兩個家屬進來，我們直接用拳頭來輸贏。剛剛之所以會縮一下，完全是因爲我現在的雙手還被銬著。不然我絕對不反對扁完他那小孩之後，順便連他爸也一起扁。

就是有這種崇洋媚外的家長，才會養出那樣的小孩。

「眞是恐龍家長。」我爲這起事件，做出這最後的結論。

2.

折騰了一晚之後，最後我回到家，已經是第二天的下午了。

他們要我回家等通知，如果對方堅持要告到底，他們會通知我何時去見檢察官。但是我一點也不擔心，因爲以現在台灣的狀況來說，我擁有宛如免死金牌般存在的法寶。

只是我不懂爲了一個死小孩，到底要浪費多少資源？

由於徹夜未眠，所以回到家之後，我草草梳洗一下就上床睡死了，一直到了凌晨才醒來。

進出警局捲入是非的不快感，雖然充足的睡眠沖淡了一點，不過還是殘留著一些不悅的感受，胸口也覺得有點悶。

我打開電腦，想要收些公務上的信件，結果看到了入口網頁，顯示著今天的焦點新聞，讓我突然有點好奇，自己昨天造成的騷動，有沒有變成新聞。

結果還眞的讓我找到了，然而我立刻後悔了。

該報導把我寫成像是一個瘋子一樣，襲擊一個天眞無邪的小孩。該小孩只不過想要過個萬聖節，要點糖果，結果就遇到了精神障礙的男子，把他打成了豬頭，最後還提醒家長，要注意小孩安全。

讀完報導，我的心情久久沒辦法平復。

我真的感覺到無比火大，如果寫這篇報導的記者，現在就站在我的面前，我肯定會把他扁到比昨天那個死屁孩還要腫。

雖然說我憤怒到渾身顫抖，但是內心深處，其實並不感到意外。

這就是台灣會淪落到這種田地的原因，新聞報導永遠都只呈現他們想要你看到的一面，簡化所有的問題，濃縮成一個是與非單純的答案。

所謂的新聞眞相，就是不給閱讀者有任何質疑、思考的空間，因此被撞死的永遠都是他媽的孝子，做壞事的人好像出生就是畜生一樣。

只要有點理智與自由判斷能力的人，絕對會不免質疑，這樣把老天爺說得好像變態殺人魔，專門挑孝子給他們意外，記者都不怕報應嗎？

其實這樣的想法，並不是現在才感覺到，而是很久以前看著新聞那煽情又扭曲的報導，早就感受到他們在背後操控的手法。只是過去事不關己，所以也沒辦法做些或說些什麼。

但是現在不一樣，如果繼續讓這樣扭曲的報導流傳，帶領大家的風向，難保大家對於「萬聖節」這種東西，會有完全不對的感覺。

所以看了報導後，我考慮了一天，認爲自己有必要做些什麼，把正確的資訊傳達給其他人，以匡正對於這個根本不能稱爲節日的日子，最正確的態度與想法。

因此，我決定把當年發生的事情全部寫出來，然後我會把這些資料寄給媒體，看看他們會不會老實刊登出來。

如果要我賭的話，我覺得他們絕對不敢，也絕對不願意，所以爲了保險起見，我也有備案。

除了媒體之外，我也會把這些資料，寄給出版社跟一些我在網路上找到的恐怖小說作家，比起那些媒體，我相信那些作家們還更可能把這些事實公諸於世。

所以我坐在電腦前，然後調整了一下自己的氣息，雖然這些年，我都很刻意避免自己去想到當年的那起事件，不過我很清楚，關於那些日子所發生的事情，已經有如烙印般印在我的腦海中，刻印在我的魂魄之中。

因此當我閉上雙眼，開始在大腦中打開那自我封印的記憶，那記憶之鮮明，甚至讓我感覺彷彿又聞到了當年那股令人不寒而慄的味道。

但是我知道，我不能在這裡退縮，我有必要……說出當年發生的事件。

3.

對我來說，要回憶當年的那起事件，那痛苦眞的難以形容，眞的就像是要拿把刀重新插入多年前它所造成的傷口。

仔細算一下，距離那個事件已經是二十多年前的事情了。二十多年前，台灣的一切都與現在有些不同，那些我們現在習以爲常的許多東西，在當時甚至都還沒有出現。

而當年的我，只是一個剛從學校畢業、進入電視台做一個小助理的時代。當時上司製作人手上的節目，是個專門介紹一些有點靈異、詭異或者是離奇的懸案。

平日除了需要蒐集很多資料，讓主持群可以言之有物之外，在進行拍攝之前，我們也會先去採訪一下，確定有製作的價值，才會派出攝影團隊進行拍攝。

那位製作人的底下，一共有五個助理，但老是只有我一個人，被他派去一些又遠又麻煩的工作。

就像這一次，製作人也不知道從哪裡得到了情報，說一位住在外縣市的婦人，聲稱自己近日見到了神蹟。

爲了確定這個訊息有沒有做成節目的價值，製作人派我前去採訪對方。

雖然是十月底，天氣不算炎熱，但是比起另外四位助理，可以在辦公室吹冷氣，做做大字報，還能順便嘻鬧一下來說，我卻必須一個人隻身前往一個鳥不拉屎的地方，去採訪一個看起來就好像很無趣的傳聞，讓我還是充滿怨念。

不過人在屋簷下，不得不低頭，面對這老是只能淪到苦差事的情況，我也沒立場抗議，只能默默的執行。

於是我搭乘火車一路南下，到了目的地所屬的縣市，又換成了公車，一路坐到了總站，花的時間比搭火車還久，這才到達鄰近目的地的村子。然後剩下的路，得靠自己的雙腳步行，因爲對方所在的小鎮，完全沒有公共交通工具可以到達。

我揹著自己的行囊，開始照著地圖朝自己的目標走去，每走一步都在心中咒罵著那遠在數十公里外的製作人，每次都派我做這種苦差事。

我下車的地方還算熱鬧，到處都可以看到住宅與店家，但是在走半小時後，景色逐漸變得單調。原本的街道景象逐漸被一片又一片的田地所取代，雖然說看起來景色優美，但是哀怨的我根本沒心情去欣賞沿途的美景。

期間我有點衝動想要伸手攔台車，讓自己的這趟旅程可以輕鬆點，不過附近實在有點荒涼，我即便走了半小時，也沒有半台車子經過我的身邊。在沒有辦法的情況之下，也只能硬著頭皮走。

好不容易走了將近一個小時，逐漸接近目的地的時候，卻發現原本地圖上標示有路的地方，根本沒有可以行走的道路，只有一片竹林。

我看到的時候傻眼至極，但是我可不打算空手而歸，接到爛工作已經夠幹了，我更不想爲了這個爛東西被上面罵得跟狗一樣。

所以我到附近找到了幾戶人家詢問，但是對於我手上的地址，眾人的反應都一樣，彷彿沒有聽過般搖搖頭。我這才想到製作人有提過，比起地址來說，那個地方有個名字更爲附近居民所知，那就是「施家莊」。

提起這個名字，才終於有居民幫我指出一條路，原來想要到施家莊，現在只有一條聯外道路，而且如果沒有車子的話，就只能自己步行進去，因爲那邊沒有任何公車會前往。

經過了一陣迂迴之後，我終於踏上了正確的道路，走過那條老舊的聯外道路，來到了目的地。這時已經是黃昏時分，不過我也總算順利找到了那位預定要採訪的對象。

4.

我負責採訪的對象，是一個上了年紀的老太太。

雖然之前就大概知道要採訪的內容，但是實際上採訪之後，我眞的有種想要死一死算了的無奈感。

對方很熱情，一知道我是前來採訪的人，就立刻開始滔滔不絕的說著自己的狀況。對方說著自己多年前失去了陪伴自己的老公，膝下又沒有孩子，導致她的生活有多孤單。

由於對方可能眞的太過於寂寞了，所以一遇到人願意聆聽她說話，就一直說個沒完，更重要的是這些話基本上沒有什麼重點，導致我需要一直引導她，才讓她把我這次前來採訪的事情好好說完。

然而，聽完她的故事，我眞的有種想要打人的衝動。

我不懂自己千辛萬苦搭乘火車，換成公車，走了好幾公里的路，最後竟然是爲了這老女人所做的春夢？

到頭來所謂的神蹟，就是這位老太太發現自己從開始吃素後，就開始夢到了自己死去多年的老伴。

一開始我乍聽之下，還以為是什麼託夢，還追問他老伴有沒有在夢中交代她什麼。

結果對方說沒有，而且他們就好像老伴還活著一樣，在家裡面生活，快樂的過日子。

幹！我到底爲什麼需要這樣奔波只爲了聽一個老女人做春夢？

我眞的內心是哀怨到不行，而且採訪的最後，我這邊明明還有幾個上面交代下來的問題沒有問到，對方卻說要明天再跟我說，因爲一來她平時是送貨到市場的工作，所以需要早睡早起，另一方面她也害怕讓夢中等待的老公等太久。

所以只願意跟我約定明天早上她回來之後，再繼續接受我的採訪。

我的內心眞的幹到爆，但是對方堅持的情況之下，我也只能接受。

我不得不在這個鳥不生蛋的小鎭裡面過夜，一開始我還有點擔心住宿的問題，不過對方告訴我，小鎭裡面還有一間旅社，最後別無選擇的我只好投宿在那間旅社。

旅社十分破爛，我很懷疑眞的有旅客會投宿在這裡。不過因爲工作的關係，我也只能接受，還好一個晚上只要一百塊。

入住之後，我整理了一下，然後洗了個澡，洗完澡後我看了一下時間，差不多是晚上的九點多。

雖然對很多人來說，鄉下地方最美好的優點，就是有著清新的空氣以及安靜的環境。

但是對於清新這點，我無話可說，打從進來這個小鎮，我就一直聞到一股檀香的味道，或許對某些人來說，可以十分享受這樣的味道，但是對我來說，卻只覺得刺鼻難受。而且聞久了，總覺得那股味道會殘留在自己的鼻腔之中，不管到哪裡味道總是如影隨形，甚至讓我有點頭暈了。因此一回到這破舊的旅店，我第一件事情，就是先把窗戶給關緊，對我來說，這老舊發霉的房間所散發出來的霉臭味，比起空氣中瀰漫的檀香味，還要好聞一點。

至於安靜，這點就無庸置疑了，才不過晚上九點，整個城鎮就安靜得猶如一座死城。能夠被耳朵接收到的聲音，是老舊燈泡發出的微弱聲音。

過去的我從來不曾處於如此安靜的環境之中，因此只要一靜下來，那死寂讓我不禁懷疑自己雙耳是不是真的失聰了，搞到自己真的很煩躁。

曾經聽人說過他們的夢想，就是在退休後可以搬到鄉下，享受遠離塵囂的生活。這段旅程讓我徹底了解到，這絕對不會是我的夢想。遠離塵囂固然不錯，但是瀰漫的檀香味與死城般的死寂，反而對我來說是個有種難以形容的壓抑感。

爲了紓解自己心中的不快，我打開電視，想要讓熱鬧的節目驅散這片死寂。結果電視打開卻是一片黑，不管轉到哪一台，都完全沒有訊號。

看到這情況，我無奈苦笑，一天一百塊的旅社，我還期待什麼呢？

我無奈的關上電視，胸口感覺有點沉悶，從回到旅社之後，爲了躲避那些檀香味，所以將所有窗戶都關上，房間整個悶住，加上毫無聲響的壓迫感，讓我感到呼吸不順。

兩害取其輕，不得已的情況之下，我打算開窗透透氣。

走到窗戶邊，將窗戶打開，準備呼吸一口帶有檀香味的空氣，結果一打開窗戶，我不自覺的倒抽了一口氣。

現在才晚上九點多，但是整個城鎮竟然一片漆黑，完全沒有半點燈光。

雖然說鄉下地方可能居民眞的都比較早睡，但是這眞的也太早了吧？看著這一片漆黑的城鎮，我終於明白死寂的原因了。因爲光是晚上九點，就已經沒有任何居民醒著。少了人類活動的聲響，難怪什麼聲音都沒有。

明白了箇中原因之後，雖然還是有點訝異，但是內心確實踏實了點，只是徹底了解自己跟鄉村生活，眞的完全不合。沒辦法享受空氣中的清新，也沒辦法坦然面對這死寂般的寧靜。

但是在連電視都沒得看的情況之下，我決定入境隨俗，早早睡覺，看看能不能在明天清晨趕上對方要去市場的時間，或許在對方前往市場之前，可以多少問些問題，提早結束這場惡夢般的採訪行程。

我躺上床，試圖睡個覺，擺脫這不算愉悅的一天。

5.

我並不是個認床的人，在某些情況之下，我也確實可以像豬一樣睡死過去，但是可能是廉價旅館床鋪的潮濕感觸讓我翻來覆去，難以成眠。

不過白天的奔波還是讓我感覺到精疲力盡，所以勉強著自己睡睡醒醒，就這樣折騰了不知道多少時間。

空氣中瀰漫的那股氣味，讓我感覺到口乾舌燥，因此即便百般不願意，最後還是不得不勉強自己從床上爬起來。我把水壺翻出來，用力狠狠的灌了幾口水。刺痛的喉嚨在水的滋潤下緩和不少，感覺到舒暢的同時，我看了一眼時間，現在時刻正是半夜一點多。

我在心中盤算著可以再睡一會，對方是四點半才會出門，所以我差不多四點的時候去拜訪就可以了。

爲了不讓自己的喉嚨繼續受到刺激，我決定還是關個窗好了，眞的太悶再打開。

來到窗戶前，手扶著窗緣，正準備將窗戶關上的時候，眼前的景象讓我感覺到困惑。

這是怎麼回事？

我一臉疑惑的再看了一下時間，再次確定現在是半夜一點多。

先前九點多的時候，全鎮沒有半點燈火，彷彿全鎮居民都已經上床睡覺了，全鎮是一片漆黑；但是此刻一點多，卻是全鎮燈火通明，幾乎每戶人家的窗戶都透出亮光。

雖然說先前我已經接受或許鄉下的生活就是早睡早起，但是不到九點就睡，半夜一點醒來，這也太奇怪了吧？

而且如果說是一、兩戶人家那也就算了，全鎮的人都這樣，這眞的也太奇怪了？

我愣愣的站在窗前，看著這詭異的情況，想起幾個小時前，我還在想全鎮唯一的燈光，就是源自於我窗前的情況，如今卻宛如不夜城一樣，到底是怎麼回事？

藉著燈火通明的光線，我稍微找了一下，確定了採訪對象的家，果然她家也跟其他戶一樣，幾乎每扇窗戶都透出了光線。

照她昨天所說，她每天都會比較早睡，然後早上會比較早起來，爲的就是四點半出門趕往市集，然後在六點之前，把貨送到外地市場。

自己所想的早起，怎麼樣都想不到是半夜一點就起床吧？

而且如果是一個人也就算了，難道說全鎮的居民都是市場送貨的，都需要那麼早起？

我看著她家的窗口，猶豫了一會之後，決定去看看情況，如果對方已經醒來，或許可以在不打擾對方的情況之下，進行一些比較簡單的採訪。

因爲，就算只有提早那麼一點點時間離開，對我來說都是件好事。

於是我慌忙換好了衣服，然後離開了房間。

走出旅館，我感覺到有點不對勁。

或許是在半夜走在這無人又陌生的路上，讓我感覺有點毛毛的。

我這麼想著，試圖解釋自己心中那異樣的感覺。

在月光與家家戶戶窗戶透出來的光線，我很容易認出自己所在的街道。

穿過幾條街口之後，來到了目標的房子外。

我想了一下之後，決定先繞到旁邊的窗戶，透過窗戶看一下屋裡的情況。倒不是想要偷窺，只是單純想要確定對方已經醒來在屋裡面活動之後，以免打擾到別人休息。

刻。

畢竟此時此刻，絕對不是正常人活動的時間，更不是可以禮貌拜訪他人的時

我來到窗邊，朝屋裡面看去，屋裡靜悄悄的，沒有半點聲響。

我正覺得懷疑，卻突然意識到一件事情，讓我內心瞬間有點詭異的感覺。

一直到現在我才了解到，打從踏出旅社之後，讓我感到不對勁的地方，到底是什麼了。

那就是這一片死寂，即便全鎮的人都好像醒來了，但是還是跟九點多的時候一樣，沒有半點聲響。

難道說，這些燈光跟路燈一樣，有某種定時裝置，會自己開燈？

不過就算眞的是如此，但是那設置也太怪異了，怎麼會在那種時間關閉，現在這時間打開呢？

我就這樣站在窗邊，望著窗裡面，思考著這些問題，宛如……不，就眞的像是一個偷窺者一樣。因此當屋裡面突然有個身影出現的時候，我不自禁的立刻低頭躲避。

靠！這樣不是更像變態偷窺狂嗎？我暗自責罵自己的行爲。

不過因爲當下眞的想出神了，所以不自覺就這麼做，因此我深呼吸一口氣，

打算如果對方眞的看到了自己，就跟對方道個歉，然後解釋一下自己的行為。

我站挺身子，重新出現在窗口，對方也正面對我這邊，我舉起手，做出了道歉的手勢，正打算開口跟對方道歉，好好解釋一下，結果話還沒說出口，疑惑的神情卻先躍上了我的臉。

我半張著嘴、側著頭、皺著眉，看著對方詭異的模樣。

對方頭部微微側向一邊，對著客廳椅子的方向，側面面對我，嘴巴喃喃動著，卻沒有半點聲音，不過最詭異的是，對方的雙眼緊閉，完全沒有張開。

更加讓人不安的是，椅子那邊根本沒有人，但是對方卻好像在跟坐在那邊的人講話一樣。

是夢遊嗎？

我這麼想著，只是我從來都沒聽過，夢遊的人還會照著夢境裡面的情況，眞的好像在家裡生活一樣。

不過我對夢遊的了解與認知，絕對稱不上專業，比起一般人也沒好到哪裡去。我大概只知道，所謂的夢遊就是處於睡眠的狀態之下，無意識的行動。另外也聽人說過，遇到夢遊的人，絕對不能將他驚醒之類的話。

因此我只有默默的退離窗邊，回到街道上。

連結對方早上跟我說的故事，讓我有些不一樣的感覺。

如果不是夢遊的話，加上對方早上說的故事，極有可能是鬧鬼了。

就在我這麼想的時候，我站在街頭，望向街尾，兩側的房子也是燈火通明。

難道……？

我心中浮現出一個恐怖的聯想，爲了證實這個聯想，我朝著另外一間房子而去……

半小時後，我回到了旅社，心情陷入極度的混亂，狂喜跟驚恐同時浮現在我的心中。

整個小鎮的人都在夢遊，這絕對是個値得報導與追查的題材；但是發現的當下，我只覺得毛骨悚然。

我躺在床上，想了很久，確定這恐怕是千載難逢的機會，而現在的我的確需要一個類似這樣的報導，來突破眼前的困境。

當然目前的問題，還是在到底是什麼原因，會產生出這樣全鎮鎮民集體夢遊的情形？

畢竟我眞的不是這方面的專家，但是我大概可以理出一些可能性。

例如在空氣中瀰漫的這股檀香味，就是條線索。會不會是什麼毒素，誘發了類似的現象？

這股味道絕對不正常。

不過我想這應該不是我的問題，我只要能夠得到一些深入點的情報，順便看看有沒有什麼更加聳動的題材，就可以達到我的目的了。

至於背後眞正的成因，就留給那些醫生跟科學家去搞清楚吧。

6.

第二天一早，我改變了自己預定的行程，比起採訪那個老太婆，我有了更好的目標。

我離開了小鎮，回到了文明世界，我向附近的人，詢問了一下關於那個小鎮的情報。

一開始不太順利，畢竟現在的人其實不太在意在地的情況，有些人甚至連鄰居都不太認識了，更別說隔壁小鎮的事情了。

但是為了我自己的事業，以及心中多少還是對那小鎮有點好奇，我找上了最靠近施家莊當地的里長。在里長的推薦之下，我找到了已經退休的前里長，並且從他那邊大致上了解到了施家莊的歷史。

那個小鎮的地原本是當地望族的祖產，姓施，因此也被鄰近的城鎮稱為施家莊。

聽說施家早期是以礦業起家，後來礦業衰退之後，轉型為海外貿易，家業還算興盛，在當地也頗負盛名。

不過這一切在二戰前後有了劇烈的轉變，當時的施家大兒子前往美國留學，過了幾年之後學成歸國，而這也成爲了施家轉變的轉捩點。

大兒子在留學期間，在當地認識了一個女子，兩人陷入熱戀，後來大兒子學成歸國也帶著這個女子回到台灣。

由於民情不同與傳統觀念的束縛，施家老爺完全沒辦法接受這個外國人成爲施家的媳婦，與大兒子之間有了激烈的衝突。父子之間爲了這個女子鬧到不可開交，施家老爺甚至揚言要將大兒子逐出家門。

眼看一場家庭革命即將演變成家族分裂，但是大兒子一點也不願退讓，甚至不惜父子反目。結果最後這場激烈的爭鬥，在施家老爺驟逝畫下句點。

不過施家也就是從那天開始，陷入了最恐怖的夢魘。

原本還以爲施家的不幸會在施家老爺的驟逝畫下句點，家族紛爭也應該告一段落，誰知道各種怪事在那之後，不斷發生。

據說也就是在那時候，施家人拆掉了幾乎所有的聯外道路，只留下現在還殘留下來的那條道路，開始了有點與世隔絕的日子。

即便如此，還是有許多繪聲繪影的傳聞，傳到了附近的鄉里。

像是裡面常常傳出哀號聲，還有許多鬧鬼的傳聞，大部分都是說施家老爺死不瞑目，所以他的鬼魂還在施家莊遊蕩的傳聞。

然而眞正的悲劇發生了，在施家老爺驟逝之後的兩年左右，施家莊突然發生大火，消防隊好不容易撲滅火勢，卻赫然發現施家人全部都死在那起大火之中。不過眞正經過調查，大部分的施家人並不是死於大火之中。從各種跡象顯示，在大火發生之前，施家人似乎經歷過一場大屠殺，每個人的死狀都十分詭異淒慘，因此各種傳聞又開始甚囂塵上。

由於大火幾乎毀掉了施家莊，所以後來施家莊的那塊地曾經荒廢好一段時間，一直到大約十多年前，才陸陸續續有些建設，變成了現在的模樣。然而不知道是心理因素，還是眞的地點有點偏僻，即便現在已經有了約略的規模，但是那個小鎮還有點與世隔絕的感覺，而這就是那個小鎮的始末。

聽完施家莊的故事之後，我感覺到有點振奮，這些過往似乎可以爲現在發生的事情，添加些靈異的話題。

不過那位老里長最後還語重心長的說：「我是不知道你們爲什麼會突然對那個小鎮有興趣啦，不過我勸你還是離那個小鎮遠一點啦。也別一直問那個小鎮的事情，幾年前也有個教授，在附近打探那個小鎮，結果後來就失蹤了，警方還派人來附近找，最後也沒有找到。」

聽到老里長這麼說，我立刻問了一下那位教授的情況。

那位教授姓謝，是市區裡的一所大學的教授，大約在五、六年前也曾經對施家莊產生濃厚的興趣，因此也來問過里長相關的事情。結果後來突然失蹤，一直到現在都還沒有找到人。

確定了這個情報之後，我決定前往大學一趟，看看能不能問到這個謝教授在失蹤之前，是在調查什麼事情。

7.

我差不多在傍晚的時候，回到了施家莊，以及那間破爛的旅社。

我捧著從大學圖書館影印的資料，心中懷著雀躍的心情。

一開始我本來想要看看能不能問到一些跟謝教授有關的訊息，結果碰了一鼻子灰。校方不願意對謝教授的失蹤，發表任何言論。

雖然沒得到訊息，但是我想說既然都已經到了大學，就去圖書館看看能不能查到一些施家莊的新聞或資料。結果發現裡面確實有一份整理得非常齊全的資料，不過不能外借，只能複印出來。於是我二話不說，立刻將資料全部複印下來。

不得不說，在接到這個任務的時候，我確實感到哀怨萬分，覺得自己真的很可憐，被派來採訪這樣的爛東西，說到底不就是一個老婦人夢到自己死去多年的老公？誰會想看這種東西啊？

結果萬萬想不到，情況會完全超乎我意料之外。

光是集體夢遊這件事情，就已經可以造成轟動了，如果再加上我手上的這些資料，整理在一起之後，絕對是個繪聲繪影、話題性十足的年度新聞。

回到旅社外，我看著這間搖搖欲墜的破旅社，想想說不定過一個月之後，這裡會完全不同，成為一房難求的……還是破旅社。

那些看到新聞報導之後、趕過來想要挖掘更多東西或者是研究集體夢遊現象的學者，甚至是那些單純想要朝聖的人，都會跑到這個小鎮來，這裡說不定真的會搖身一變成為一個觀光地區。

而造成這一切改變的人，就是我。

帶著這樣飄飄然的心情回到了房間，我充滿了鬥志，我抱著滿滿影印下來的資料，開始打算把整起案件的脈絡給整理起來。

我將從圖書館影印下來的資料，全部拿出來。

首先關鍵的地方，應該還是目前村民們的狀況，就是集體夢遊的狀況。

雖然一直到現在我還是覺得是巧合，如果要我猜的話，我會猜跟空氣中瀰漫的這股味道，裡面可能有什麼容易誘發人夢遊的物質有關，不過這需要經過很多調查與檢驗才會有結果。

不過我不是醫生，更不想要解開集體夢遊的成因；對我來說，只要能夠創造出足夠的話題性與新聞性就好了。

這時就是這些資料登場的時候了，只要有這個施家莊的故事加持，絕對可以引發各種聯想。這兩者就好像黃金組合般，絕對可以製造出一波話題。

對我來說，根本不需要太過於在意故事的眞實性，只要這些事情眞實發生過，然後兩者之間能夠誘發大家足夠的想像，就算是大功告成了。

所謂的新聞，不就這麼一回事嗎？

於是我看著從大學影印回來的資料，結果很快就發現這些關於施家莊的資料，整理得非常完整。不，甚至可以說是過於完整，完整到讓人覺得有點不可思議的地步，而且資料的部分也有經過細心的分類，一開始我以爲是因爲施家是在地的望族，子孫滿堂，所以曾經有子孫特別整理過自家的資料。但是在了解施家的興衰之後，這樣的想法很顯然不太對，因此我對於整理這些資料的人，感到好奇。

結果我查了一下，很快就查到了這些資料源自於什麼人之手，果然跟我想的一樣，這些資料都是那位謝教授整理的。

學者就是學者，整理這些複雜又繁瑣的資料，能夠這樣有條不紊、系統分明。

看著這些資料，我內心想著如果不是謝教授的這份資料，光是裡面這些內容，不知道要花多少時間才有可能蒐集得到。

資料裡面不只有精心製作的圖表與記述，甚至還有日據時代發行的類似新聞一樣的剪報，可以想見謝教授對於施家莊的研究，真的是十分用心。

……然後他就失蹤了。

想到這裡，讓我內心有點毛了一下，突然彷彿也感覺到有種被人監視的感覺，讓我立刻左右掃視了一下房間，在確定了房間只有自己一人後，我才比較安心一點。

我感覺到有點沉悶，決定稍微開一下窗，比起昨天來說，今天我比較適應了空氣中的那股味道。我將窗戶打開，窗外是一片漆黑的景象。現在已經八點多了，跟昨天一樣，鎮民們全部都已經休息了。

我回到床邊，繼續看那些資料，看著看著，我的腦海裡面，不禁浮現出一個疑惑。

自己之所以會來這裡，完全是因爲一個鳥到極點的傳聞，跟一個機車的上司。然而眞正引發自己興趣的，則是夜半時分居民的集體夢遊。

那麼是什麼吸引謝教授，對這個小鎮以及施家莊有這麼強烈的興趣呢？

會有這樣的疑惑，是因爲這些資料完全沒有提到集體夢遊的事情，很顯然並不是因爲這樣的現象吸引了謝教授的興趣。如果單純是對地方望族的興趣，感覺很難讓人有這麼大的動力去挖掘出這些資料。

雖然心中有了這樣的疑惑，但是或許這就是學者的興趣吧，我還是比較在意夢遊的部分。

我翻到了後面剪報的部分，我本來只是想要看看，關於集體夢遊的情況，是不是很多年前就已經發生過了。結果卻意外看到了一則報導，看完了報導，我大概猜到了謝教授感興趣的點在哪裡了，答案就是邪教。

報導指稱每年在一個特定的時間，這個小鎮都會舉辦神祕的儀式，而照謝教授的推論，這個儀式就是施家人所主持的，因此他才會對這個小鎮感興趣。

因爲我記得白天的時候，有稍微看了一下謝教授的來歷，有看到他出了幾本關於邪教的書籍，所以這方面確實是他熟悉有興趣的領域。

但是現在我反而感覺到疑惑了，因爲我壓根沒有想到這方面，畢竟我聽到的東西，似乎也都跟邪教完全沒有關係，鎮上也感覺不到什麼宗教的氣息。

因此我繼續看下去，希望後面的剪報可以解答我的疑惑。

不過後面的剪報，卻完全沒有解答我這部分的疑惑，反而讓我越看越覺得奇怪。差不多在二、三十年前，關於這個小鎮的剪報，就變得有點一般了。幾乎所有的內容，都是一些看起來很普通的社會案件，失蹤、謀殺、爭執等等，感覺就跟一般社會案件差不多，只是差別是這些案件都發生在這個小鎮上。

看到這裡我不免感覺到失望，雖然說我手邊沒有什麼統計資料，不知道類似的案件發生的頻率到底算不算異常，但是如果真的有人鎖定一個村鎮，蒐集發生在鎮上所有的社會案件，呈現出來應該大概也是這樣。甚至如果真要讓我來判斷的話，雖然這個小鎮只有十多戶人家，但是頻率來說，好幾十年的時間只有這些案件，說不定反而算是少的了。

一直到看完最後一張剪報，大概都是如此，讓我有點氣餒了。

原本還期望可以有更深入關於邪教的報導，但是卻一無所獲。彷彿過去的那篇報導只是一種誤報，並不是眞的。

我翻回一開始讓我聯想到邪教與神祕儀式的報導，重新又看了一次，發現其實報導眞的寫得很隱諱，就連關鍵的神祕儀式，到底是在哪一天，都沒有寫清楚。

這麼看起來的話……這篇報導的可信度應該很低。

沒能找到邪教或那神祕儀式的資料，確實讓我有點失望，不過我覺得這也只是一點加分，光是集體夢遊與施家的過往就已經很足夠了。

我略顯失望的翻著這些剪報，以及剪報旁謝教授標註的日期……嗯？好像有點怪怪的。

我發現每一篇報導，都是在十一月初的時候，這是單純的巧合還是……？

我確認過後面的這些社會事件，幾乎都是十一月初的報紙，這讓我聯想到了「特定的日子」。或許透過這些報導，是不是可以找到這個日子？

我仔細看了一下報導，十一月一日所記載的凶殺案，案發的日期寫著昨天。十一月二日的報導，寫著前天。其他也幾乎都是這樣，確實每一篇報導都將案件發生的日期，指向了同一天。

回推起來，每起事件發生的時間點，都在十月三十一日……

我瞪大雙眼，內心感覺到震撼，先前還以為這是教授蒐集所有發生在這個小鎮的案件，但是其實這些都是發生在不同年份，卻在同一天所發生的案件。

十月三十一日，萬聖節，就是所謂的特定時間點。

或許因為那時候西方文化並不像現在一樣廣為人知，那篇報導才會寫著某個特定的日子。

然而意識到這點的同時，我也感到背脊發寒……因為今天正是十月三十一日。

就在恐懼感宛如藤蔓般爬滿我全身的同時，我的身後突然傳來了「碰！」的一聲巨響，我猛然回頭，卻完全不知道這聲音到底是哪裡發出來的。

8.

背後的一切都沒有什麼變化，房間仍然只有我一個人，但是那聲響我非常肯定自己沒有聽錯。

我感到頭皮發麻，有好一段時間都不敢動作，只敢站在原地，死命盯著門口，彷彿隨時都會有人破門而入一樣。

不知道過了多久，我所擔憂的一切都沒有發生，但是我還是驚魂未定，四處看了一下，這時我注意到房間角落的櫃子底下，好像多了什麼東西。

我靠過去蹲下去看，只見一塊厚重的木板，就卡在牆壁跟櫃子之間，而且剛剛的巨響，很有可能就是它掉下來發出的聲音。

爲了確定這點，我想辦法將靠在牆邊的櫃子拉開，櫃子比外觀看起來還要有份量，我費了好一番工夫，才將它稍微拉開。

櫃子後面的景象，完全出乎我意料之外，只見櫃子後面的牆壁上，有一個大約直徑三十公分左右的大洞。從狀況看起來，這個木板似乎就是用來封住這個洞的。

搞清楚之後我第一個想法是，這個旅社也太破了，牆上竟然有這麼大的洞，不過視線瞄到洞裡面的時候，雖然是一片漆黑，不過感覺洞裡面似乎還有別的空間。

我從包包裡面拿出手電筒，回到櫃子旁，朝洞裡照，果然跟我想的一樣，裡面是有別的空間，而不是單純的牆面破損。

這多少勾起了我的好奇心，因爲我記得那個方向並沒有其他房間，至少我沒有看到任何的門。

於是我將櫃子推得更開，直到後面的空間足夠我通過後，我貼著牆壁來到洞口，用手電筒朝裡面照。

正如我所預料的一樣，洞穴的另外一邊，有著廣大的空間，而且從光線掃過去的情況看起來，裡面也跟我這間一樣，是間客房。不過從狀況看起來，已經有很長一段時間沒有人居住了。房間也沒有經過整理，十分凌亂。我用手電筒掃視過整間屋子，意外發現在跟我房門同一邊的牆壁上，同樣有著一扇門。

看著那扇門，我感到不解，從方位看起來，那邊如果有門的話，走廊應該看得到才對。

爲了確認，我從櫃子後面爬出來，走到房間外面確認了一下。

只見應該要有門的地方，確實只有一面牆，完全看不出半點門的痕跡，不過當我試著敲敲牆壁的時候，發現差不多在開門的地方，竟然是空心的，意味著門確實存在，不過旅社這邊直接在外面砌上了一面牆，將它完全封死。

但是這麼做到底是爲什麼呢？

我帶著疑惑回到房裡，再度來到那個洞前，評估了一下洞的大小之後，我決定直接爬進去看看情況。

我咬著手電筒，奮力擠入那個大小差不多剛好可以讓我爬進去的洞口，經過一番扭動與掙扎後，終於順利鑽過洞口，來到了另外一個房間。

從屋內的裝潢看起來，就是普通的客房，但是爲什麼會被封起來呢？我四處看了一下，很快就在床上，發現一些散落的文件。

我藉著手電筒的燈光將那些文件拿起來看了一下，意外發現這些文件竟然很有可能是屬於那位失蹤已久的謝教授的文件。

因爲房間燈光有點不足，只靠手電筒看，很難看得清楚，於是我打算將這些文件收一收，然後拿回隔壁的房間看。正準備這麼做，突然想到，雖然房間被封起來，但是說不定還有電。於是我走到門口，試著打開電燈。

打開電燈的開關，過了一會之後，果然天花板上的電燈就亮了起來，這讓我臉上不自覺的浮現出笑容，不過下一秒鐘，當我看到了明亮的房間時，表情瞬間驟變，驚恐的神情立刻浮現出來。

在我爬進來的洞口附近，一具乾屍就蜷曲在牆邊。

當然等到我稍微冷靜下來後，大概也猜到了那具乾屍的身分，他應該就是失蹤已久的謝教授。

我回到床邊，拿起了那些散落一床的文件，也看到了類似謝教授的遺書之類的東西，至於其他的文件，則是更多關於這整起事件的紀錄。

我很快的看過這些紀錄，終於大概知道了整起事件的始末。

謝教授一開始並不知道關於施家莊的事情，他眞正感興趣的，是在十九世紀末期，一個在美國東北部的邪教組織，所引發的慘案。

然而在他深入調查的過程中，發現其中有一個關鍵的人物，最後因爲失蹤的關係而不了了之。不過隨著謝教授的調查，終於發現了這個關鍵人物的影蹤，她嫁人了，並且隨著那人一起離開了美國。

這個人就是愛德琳，同時也是施家莊當年嫁到台灣來的媳婦。

據謝教授的推論，愛德琳是用古老又神祕的邪術，迷惑了施家大兒子，讓他不惜爲了自己跟家裡人鬧翻，甚至與施家老爺的死，很有可能也是她利用邪術造成的結果。

雖然實際上的方法，謝教授有詳細解析，但是因爲裡面夾雜很多原文的專有名詞，遠超過當時的我所能夠理解的範圍。不過簡單來說，就是這個叫愛德琳的外國人，會使用一些邪術，可以控制他人。

雖然愛德琳擁有邪術，但是施老太太這邊也找來了當時很知名的法師，來了一場東西方大鬥法。最後法師破了愛德琳的邪術，讓施家大兒子清醒，爲了斬草除根以及爲父報仇，施家大兒子率領了當時全鎮的人，一起將愛德琳綁到了地下室，並且將她虐殺至死。

只是不管是誰都沒有想到，事情並沒有就此結束。

愛德琳所屬的邪教組織，是專門祭拜那些不可名狀的古老邪神，這些邪神是遠在地球上任何神明誕生之前，就已經出現在地球上的恐怖邪神。雖然現在處於假寐的情況，不過他們還是可以透過各種念力，三不五時操控一些精神意志力比較薄弱的人。

身爲這個邪教組織關鍵的一員，愛德琳在死後，似乎也跟他們所信奉的古神一樣，擁有操控人的力量。

最佳的證據就是每年到了萬聖節的時候，這裡的居民會宛如行屍走肉般，被愛德琳操控，舉辦該邪教組織最重要的儀式。透過這個儀式，愛德琳的力量也越來越大，甚至可以控制的範圍與影響也越來越廣。

謝教授相信，一旦等愛德琳的力量到達一定的程度，說不定她可以透過這樣的儀式，再度回到人間，找到合適的肉體，完成類似轉生般復活過來。

這就是謝教授對施家莊過去一直到現在為止的推論，以及他相信發生的事情。

紀錄的最後，他也寫下自己失蹤的眞相。爲了可以找尋到更多的資料，謝教授時常住進這間旅館。然而他很清楚這行爲等於深入虎穴，所以一直都很小心、低調。

因爲長期研究這個邪教組織的關係，他多少也知道一些可以與對方邪術對抗的辦法，這個方法讓他可以免於受到愛德琳的控制。

不過最後愛德琳還是發現了他，雖然控制不了他，但是愛德琳可以控制其他人，他們把他關在這個房間裡面，不讓他出來，牆上的洞可能就是謝教授被困在裡面的時候，奮力想辦法挖出來的洞。可惜最後還是沒能逃出生天，就已經先餓死了。

我看著地上的乾屍，注意到了謝教授的脖子上，掛著一個畫類似圖騰般吊飾的項鍊，我猜那個就是保住謝教授的意識，讓他不至於讓愛德琳控制的法寶。

我遲疑了一下，然後雙手拜了拜謝教授的遺體後，將吊飾項鍊取下來，接著再把教授留在房間裡面的所有資料都拿起來，爬回自己的房間。

我想我已經擁有夠多的資料了，所以現在我只希望那些記錄在資料上的事情，都只是一些臆測與猜想，或者是經過這麼多年之後，一切都已經成為歷史。

於是我匆忙打包，並打算連夜逃離這個施家莊。

9.

我把資料全部都塞到包包裡面之後，正準備衝出去，窗外這時傳來了一些詭異的聲響，吸引了我的注意，我看了一下時間這時候已經接近午夜十二點了。

我來到窗邊往外看，小鎮已經醒了過來，家家戶戶燈火通明。然而跟昨天不同的是，那些居民並沒有待在家裡，而是一個個拿著火把，聚集在鎮中央的交叉路口。

他們聚集在那裡，彷彿在進行什麼儀式，而我剛剛所聽到的聲音，就是有人在那邊拍打著類似鼓之類的樂器。

看來一切都是眞的，不管是神祕的儀式，還是被愛德琳所操控的居民，經過了這麼多年，他們還是會在這個該死的萬聖節當晚舉行儀式。

我不敢多作逗留，立刻轉身，準備趁大家都忙著舉行儀式的時候，逃出這個小鎮。

我轉過身奔到床邊，一陣奇怪的感覺席捲而來，我整個人向前一仆，重重地跌在地上。

我轉過頭看著自己的右腳，我發現自己就好像突然中風了一樣，完全沒辦法控制自己的右腳。就是因爲右腳完全動彈不得，才害到我整個人跌倒在地上。

我感到驚恐，那些關於愛德琳的傳說，全部都浮現在我的腦海。在這萬分驚恐之際，我想起了教授的那個吊飾，它就放在我背包旁邊的床上。

我一邊痛恨自己剛剛沒有順手將它掛在自己脖子上的同時，一邊奮力用剩下還能控制的三肢，朝床爬過去。

結果才向前爬沒幾步，我的右腳立刻不自主地動了起來，似乎想要阻止我朝床邊爬去；與此同時，我發現自己的右手也不聽使喚了。

雖然畫面看起來可能有點可笑，但是我卻一點也笑不出來，因爲我知道我的生命危在旦夕，一旦對方完全控制住我，我絕對別想活著離開這個小鎮。

於是我咬緊牙關，用僅剩的一手一腳奮力朝著床爬去，雖然背叛我的一手一腳不斷阻撓，我還是爬到了床邊。

我正想伸手去將吊飾拿起來，卻赫然發現自己的左手也沒辦法動了。情急之下，我將頭對準了項鍊的繩子中央，用力頂下去，並且奮力朝裡頭鑽，我這輩子還眞沒這樣穿戴過任何衣物。

就在我感覺到項鍊擠到我頭上的同時，我雙手雙腳突然恢復了力量，我立刻用手將項鍊戴好，剛剛那怪異的感覺也頓時消失，我的雙手雙腳也再度回到自己的掌控之中。

我揹起背包，再也不敢有半點遲疑，我立刻衝出房門。下了樓，也不管櫃台人員在不在，我現在唯一想到的只有盡快離開這個小鎮。

結果我一跑出旅社，立刻被眼前的景象嚇到雙腿發軟，差點整個人滑倒在地上。

只見所有的居民全部都集中到了旅社門口，而且每個人的手上都拿著不同的武器，有的拿水果刀，有的拿菜刀。不過真正駭人的是每個居民的雙眼都是閉著，沒有一個看起來是正常的。

眾人把我圍在了旅社門前，我不敢貿然衝向他們，畢竟他們手上的利刃隨便一揮都可能瞬間要了我的命。

而就在我還不知道該怎麼辦的時候，身後的大門突然傳出開門的聲音，我內心一凜，猛然回頭，就見到櫃台人員拿著刀子朝我劈過來。

我見狀立刻向後一跳，結果這一跳雖然躲過了刀子，但是整個人幾乎可以說是直接跳往包圍門口的居民中央。

下一秒鐘，場面頓時陷入一片混亂，所有鎮民的刀子幾乎同時揮舞了起來，我的身上也立刻多了幾道傷口。而且不知道是不是因爲他們看不見，還是說操控他們的力量根本不管那麼多，雖然有好幾下確實揮到了我的身上，不過有更多的刀子是揮到其他人的身上。

畢竟眾人圍成一團，然後所有人都是大動作的揮舞著手上的刀子，所以場面眞的只能用慘烈來形容。

雖然說我身上也挨了好幾下，不過眞正讓我感覺到劇痛的，還是右手臂上的那一刀，幾乎深可見骨、瞬間血流如注。除了這一下之外，其他都是一點皮肉傷。但是有些鎮民就沒有那麼好運了，一陣亂揮之下，有個居民的喉嚨被劃開，導致鮮血宛如噴泉般噴了出來。

然而即便這些居民也受到不少傷害，但是這些人卻彷彿完全不知道痛一樣，持續朝我揮舞著手上的刀。我看情況不妙，強忍著手臂上的疼痛與流血，撞開擋在我前面的居民，硬是殺出一條血路。

我使盡吃奶的力氣，死命的逃，那些被操控的居民，一邊揮舞著刀子，一邊快速朝我追來。我不敢回頭，一直朝鎮外衝，衝上那條唯一的聯外道路，完全不敢停留的我，就這樣朝著道路的盡頭狂奔。

衝了不知道多久，好不容易逃出到了出口，眼看自己終於回到了文明世界，我終於鬆一口氣，正準備轉頭看看有沒有追兵，結果耳朵立刻傳來了一陣刺耳的剎車聲，一道強光迎面而來，我感覺到一陣強烈的撞擊，整個人飛了出去，意識也隨著這陣強烈的撞擊，與黑夜融為一體。

10.

我在一家醫院中醒來，聽其他人的說法，在我逃出施家莊後，意外被路過的車輛給撞上。至於那個駕駛，是不是被愛德琳所控制，這點已經不得而知，因爲在撞飛了我之後，車子也撞到了一旁的牆壁，引發了火勢，駕駛來不及逃出，所以當場被燒死。

雖然我幸運逃過一死，但是過重的傷勢以及那恐怖的經歷，讓我精神陷入崩潰，只要有任何人想要拿走謝教授的那個項鍊，我就會發瘋似地跟對方拼命。

在傷勢與精神狀況逐漸穩定之後，我也把施家莊發生的事情，告訴了院方，但是對方完全不相信我，認爲一切都是我自己的幻想。而這些幻想也直接導致我即便傷勢已經康復，還是沒有辦法出院。同時，也因爲這些幻想，導致我得到了一個在台灣相當於一面免死金牌一樣的病歷。

後來我也終於屈服了，我放棄想讓其他人相信施家莊的事情，我甚至承認了在施家莊的一切都是自己的妄想，才好不容易讓醫生答應讓我出院。

然而在我正式踏出醫院的時候，已經距離我逃出施家莊一年多的時間了。

而我之所以願意妥協，完全是爲了要出院，因此出院之後，我預計第一件要做的事情，就是拿回那些我逃出時帶著的那些謝教授的資料。藉著那些資料，我可以把一切都公諸於世。

當時我入院的時候，那些資料也應該在我個人隨身的物品之中，但是當我出院的時候，隨身物品裡面卻獨缺這些資料。

在我的追問之下，醫院方面才坦承在我住院的這段時間，我當時的上司與同事們，在探望我的時候，已經把那些資料都已經拿走了。

我聽到整個人都傻了，因爲這一年多來，那些人對我完全不聞不問，連一次都沒有來探望過我，甚至連通電話也沒有。結果好不容易來了，甚至只拿走資料，不曾慰問過我的上司，竟然敢拿走我用生命換來的資料，讓我怒不可遏。

我立刻衝回電視台，就算跟對方拚了，也要那個該死的製作人給我一個交代。

結果到電視台才知道，當年那個節目已經收了，而關於那製作人的情況，眾人卻支吾其詞，沒人願意給我一個確切的答案。

後來一個以前在電視台就跟我交情很好的朋友，告訴了我關於那位製作人的下場。在大約半年前，他帶著一組人馬出去拍攝，回來之後極其亢奮，一個人在剪接室剪接，結果剪接到一半，他卻突然像中邪一樣，拿剪刀剪開了自己的喉嚨。

不只如此，發生這件事情的時候，我朋友也剛好在現場，因此也目睹了當時的場景。

「最詭異的地方是，」那位朋友一臉驚恐的說：「大家發現他自殘的時候，一度圍著他，要他把剪刀放下，快點讓大家送他去醫院，但是這段時間裡面，他的雙眼……一直都是閉著的。」

對方的話宛如閃電般，劈中了我的心臟，我腦海裡面一片空白。

後來聽說不管是電視台還是警方，都想知道他到底當時在剪接室裡面剪接什麼東西，但是內容已經全部被他自己洗掉，什麼都沒有留下來。

離開電視台的時候，我陷入極度的恐慌。

我跟他們不一樣，我非常知道事情的來龍去脈，更清楚發生了什麼事情。

他們用錯誤的方式殺死了愛德琳，所以她沒有眞正死去。她蟄伏在地底，用她那不可描述的邪術靜靜等待著。

每年的萬聖節透過那些儀式，都可以恢復、強化她的力量，經過了數十年，她已經可以控制一村的人了，假以時日，天曉得她的力量可以恢復到多大。

至少透過那個該死的製作人，我知道她的力量已經可以控制到北部，讓我知道即便回到台北，也絕對不能安心。

我唯一能做的只有逃，不再是想要把這一切公諸於世，更不要想做出任何抵抗，因為他們已經殺過她了，但是卻沒能徹底消滅她，天曉得她到底能不能消滅？所以我只想逃，徹底遠離那個地方，甚至不要跟她待在同一片土地上。

因此我搬到了離島，一住就是十多年，不過我想她找上我也只是時間的問題。

我知道她的力量越來越大了，經過這幾年，我知道她已經可以把魔爪伸到我所在的島上了。

每次走在路上，那些看著我的人，我知道都是她的人，現在的她不只有在睡夢中可以操控那些人了，就連清醒的人也能夠被她控制，產生連結，然後透過他們的雙眼、雙耳，將所有的訊息傳回去給她。

我相信再過沒多久，她就會真正派出殺手來殺我，那個小孩只是個試探，我狠狠的扁了他一頓，就是要告訴那女人，即便經過了十多年，我還是提高警覺，她別想那麼容易對我下手。

現在你們懂了嗎？我聽到一堆白痴在那邊學歐美過什麼萬聖節？你們不知道任何萬聖節的儀式，都有可能強化那女人的力量嗎？等到你們全部都被那女人控制，要怎麼過就怎麼過吧！一堆白痴！

尾聲

大家好，我是龍雲，很高興在這邊跟大家見面。

時光過得很快，從第一本小說《喪鐘》出版之後，已經過了十多年的光陰。

在這十多年中，我幾乎不曾眞正拿過別人的故事來寫成小說，雖然作品中有些故事可能揉合了現實事件，但是像這樣把一個人的故事完整寫出來，這也算是第一次。

畢竟這關係到版權的問題，所以眞的要寫這樣的小說，確實比較麻煩一點。眞要改編頂多也只有一部分將它轉變成小說，不太可能全部寫出來。

在年初出版社將這一封信轉寄給我，對我來說這不算是新鮮事，過去也曾經遇過有讀者想要寄信給我，直接寄給出版社，再由出版社轉寄給我。

收到小箱子的當下，我還以爲是什麼包裹，結果打開一看，裡面卻是滿滿二、三十張兩面都寫得滿滿的紙張。

因爲字跡比較潦草，加上內容有點難讀，所以我花了將近一個禮拜的時間才看完。看完之後，我深深受到裡面的內容吸引，所以第一時間我確實有點受到誘惑，決定寫出來。

於是我照著信件裡面的聯絡方式，希望可以跟高先生取得聯繫，但是卻一直沒有辦法連絡到對方。最後我透過關係，好不容易找到了住在當地的友人，直接幫我查訪一下寫這封信給我的高先生，得到的回應，卻令我感覺到萬分震驚。

高先生已經死了，而且還是凶殺案，高先生的死狀相當悽慘，而殺害他的人，正是那個萬聖節時，被他打的那個小孩的父親。

雖然看起來像是私怨，但是我卻聯想到了信件最後，對方曾經指出那個小孩正是被愛德琳操控，用來打探他的……

總之這個震驚的消息，讓我決定放棄將這封信件的內容寫成小說。

畢竟我覺得裡面有太多東西需要釐清，加上更讓我顧慮的地方是裡面的文字扭曲，內容也有部分胡言亂語的地方，讓我不禁懷疑起對方的精神狀況。

如果可以親自詢問原作者釐清一些疑惑的部分，或許還可以試試看，但是在對方已經死亡的現在，就是……好啦，就是覺得有點毛啦。

這些年來，除了高先生的信之外，我也收過一些讀者的來信，我都妥善將它們收在書桌旁的抽屜之中，最後這封鼓起來比起信來說更像是包裹的信，我也將它放在了抽屜之中，想說會這樣永遠將它收起來。

但是當晚，我遇到了一件難以解釋的事情。

人生從來不曾夢遊過的我，竟然在那天晚上就夢遊了，而且詭異的是，聽同住的「目擊者」聲稱，我夢遊起來只做了一件事情，就是把那封信從抽屜拿出來，然後到我書桌的電腦前放下來。另外值得一提的是，那位目擊者還聲稱，在這件事情的時候，屋內充斥著一股「檀香的味道」。

對方在寄給我的信中也有提到，在逃離本島之後，他除了躲避在離島十多年之外，也跟謝教授一樣，研究了很多關於那個邪教的東西。他甚至聲稱自己對這個邪教的理解，可能已經勝過當年的謝教授。而且秉持著不入虎穴、焉得虎子的心情，他甚至也嘗試了一些禁忌的東西，最後還眞的有些效果。至於他到底觸碰了什麼，信裡沒有明說，我自然也不可能知道。

但是如果對方眞的也透過這些嘗試，得到了類似愛德琳……不，這扯太遠了，我想只要對方變成鬼來纏著我，也夠我受了。

於是，我改變主意了，決定把它寫出來，並且將它獻給那位一定要把我拖下水的傢……先生。

……這樣，可以了吧？

致敬恐怖小說史上最偉大的神話——克蘇魯神話

第四篇

萬聖鬼城

笭菁

夜幕降臨，遊樂園裡面同時亮起了燈，所有遊客們紛紛歡呼出聲，白天看起來還不錯的裝置藝術，在點亮燈後出現了截然不同的詭異氛圍。

接著，扮裝成各式鬼怪的工作人員緩緩的從休息室裡走出，每個角色從扮、表情到動作都活靈活現，甚至連專屬武器也做得跟真的一樣。

「哇！」遊客們興奮的叫聲此起彼落，拿著相機不停的拍。

「吼吼——」扮演狼人的工作人員突然朝著某個遊客衝過去，嚇得遊客們驚聲尖叫，一路逃到了人行道上才罷休。

還有一群穿著斗篷、卻戴著可怕面具的孩子們，手拿著籃子蹦蹦跳跳的到處找遊客齊聲高喊著：「Trick or Treat！」如果遊客手上沒糖，孩子們就會做各種玩鬧式的惡作劇，假裝撲向遊客、或是輕撥裙子，都是無傷大雅的動作，加上對方是孩子，遊客們的包容性都會大一些。

『請手持貴賓券的遊客，速到鬼屋城堡報到！請手持貴賓券的遊客，速到萬聖城堡報到！』遊樂園此時，響起了令人羨慕的廣播。

是了，這間遊樂園今晚破天荒將開到凌晨三點，除了玩萬聖節的鬼怪梗之外，最重要的樂園中央那棟仙杜瑞拉、卻改成陰森風的鬼屋堡，經過半個月的停業裝修後，將於萬聖節的今晚全新開張！

一票難求就算了，最重要的是在開幕前該遊樂園舉辦了線上抽獎活動，總共有一百名遊客不僅今晚能夠免費入園，還可以成爲第一批進入鬼屋玩樂的遊客！

由於活動辦得極其盛大，參加抽獎的人可不少，導致中獎機率眞的非常低，所以中獎者運氣太好！

好奇的人都到鬼屋外去張望，果然看見一條ＶＩＰ通道似的紅毯，工作人員一一的檢查貴賓票，再放人入場。

遊客們依人數被分成多組，在工作人員的引導下從不同入口進入，城堡裡燈光昏暗詭譎，令人既期待又有點害怕，不知道是多厲害的萬聖節關卡呢！

磅──咚，大門關上的聲音沉重且充滿迴音，遊客們在大門關閉後也感受到氛圍的突變，一旁的燈甚至被轉暗了些。

「下一組，這邊請喔！」女鬼裝扮的工作人員走近，引導著方向。

男男女女暗自竊竊私語的哇了聲，眞的很有這麼一回事呢！他們被帶到一扇門前，裡面眞的像極了中世紀的古堡。

「請進。」女鬼站在門邊，讓遊客們自行推門進入。

這群年輕人互相推著，最後一個男生上前推開了門，門還眞的發出嘎吱的聲響，意外的相當沉重，裡頭昏暗不明，看來鬼屋旅程要開始了！

踏入屋子裡，溫度相當的低，一旁的乾冰也冒了出來……嚓……

「好妙喔，所以這次的鬼屋可以一次容納一百個人進去嗎？」外頭看著陰森古堡的人好奇的問了，「這裡面是多大啊？之前我去玩過，感覺不出可以擠這麼多人耶！」

「對耶，這不是空間大小的問題，是裡面的機關或是工作人員可以一次應付這麼多組嗎？」

「其實還好，說不定只要間隔個三分鐘就可以了，如果有六條路線……一組六人，這樣應該是消化得了吧？」

「這設計得很細心，還得保證確定人員不會撞在一起。」

直到所有擁有貴賓券的人都進入鬼屋，大門煞有其事的關起後，現場的遊客才散去，因爲這批遊客出來半小時後，才會正式開始第一輪，很多人早早就抽了提前快速通關劵，等時間快到時再去就好。

但無論如何，能抽到免費入場劵還是太令人羨慕了。

一個扮成喪屍的工作人員正追著幾個尖叫的女生跑，看著她們跑上安全區的人行道後才停下，一開始覺得逗女孩挺有趣的，不過一整個晚上都這樣跑還眞累……他假裝遲緩的站在原地稍事休息，但是卻看見了遠方的空中怎麼有……

煙？濃煙？

他突然站直了身子，感到不對勁的往前走去。

「喂……喂——」他指向前方，喊著其他同事，「那是什麼!?是不是失火了!?」

其他各式鬼怪紛紛抬頭，緊接著尖叫聲終於傳了過來！

「失火——失火了！」

「救命！鬼屋失火了！」

「失火了！」

我小心翼翼的端著宵夜飲料，從廚房裡走出，筆直的走向對面的房間，果然還沒到門前就已經打開，我將其中一只玻璃杯遞進來，門邊的傢伙很快的接過。

「感謝全世界最可愛貼心的姐姐。」老弟又在放彩虹屁，哼哼，我願意順手幫他沖飲料，他的確該感恩戴德了。

我拿著自己的冰巧克力進房間，睨他一眼，「少拍馬屁。」

睡前來一杯滿是冰塊的冰巧克力，稱得上是小確幸，不過老媽都不太喜歡我們睡前喝這麼冰的東西，剛是確定老媽已睡，偷偷去泡！

「哇，今天也太好喝，好濃郁！」老弟嚐一口，立即滿足的劃上笑容。

「我多加了一匙可可粉，老覺得前兩天的味道太薄了，下次不要買這牌子了啦！」我坐回自己的桌前，大口灌了兩口。

「啊就老媽買的，下次再跟她說……噢，妳手機有響喔！」老弟不忘提醒。

嗯？我趕緊翻開手機，雙眼登時一亮……嘻，是易偉。

老弟跟我的書桌是呈九十度擺放的，他就在門邊，左手伸直就可以搆到門把，我則在他的右後方，就見他回頭睞起眼，還跟著嘖嘖搖頭。

「偉哥吧！能讓我老姐露出這種少女笑容，普天之下就他一位了。」

「閉嘴！」我看著訊息笑容不止，「欸，他說接到一份好工作，如果可以的話，到時還能帶我們去玩！」

「這麼好？什麼工作？」老弟果然立即有興致。

我坐在椅子上轉了個圈，「遊樂園！這是短期打工，因為遊樂園還是個主題加天數限定的……咦？」

我正對著老弟說話呢，但他身後的電腦螢幕畫面，「也太像！」

我拿著手機對照老弟的電腦螢幕，他的螢幕網頁大大的寫著：「十日限定萬聖鬼城遊樂園」！

嗯？老弟趕緊回身，「這個嗎？超夯的耶！我一晚上接到一堆訊息都是在講這個，還可以參加抽獎！我才剛點開，都還沒瞧咧！」

三十吋的電腦螢幕是整頁深紫星空，頁面做得非常好看，遊樂園舉辦了抽獎活動，要大家曬出扮鬼照片，還要tag可以跟你一起去玩的人，最後抽出一定名額，中獎者可以跟tag的人一同獲得免費入場券，以及成爲第一批進入遊樂園鬼屋的嘉賓！

「限定十日，哇，這麼短？」老弟迅速點著網頁，「咦？這是臨時搭建的……啊，有點像國外的活動式遊樂園啦！」

「就遊樂器材用卡車載運的那種嗎？」電影裡常有，一般都是一個大集團，器材跟卡車是一體的，車子開到哪兒，將器械架設完畢，就是一個遊樂園了！

「對對對，所以才能辦這種臨時活動……這樣等級也會比較低，不會有像一般遊樂園有很威的摩天輪或是雲霄飛車。」老弟邊說，一邊指向網頁裡，比較矮小又陽春的摩天輪。

但說實在的，再小還是比想像的大很多了，而且照樣五彩斑斕，一樣好看啊！其他像旋轉木馬啦、小飛車其實都蠻有那麼一回事的！

我也開始動手查詢，廣告下很大，概念圖做極好，搞得好像挺盛大的！

「偉哥要在這裡打工嗎？」老弟好奇的問，「那我們還要參加抽獎嗎？」

我毫不客氣的戳了他的頭，「少想佔他便宜！就算我自己也要參加抽獎，省得給他帶來麻煩。」

「員工通常有福利的啦，是公司給的，不是去要的啊！」老弟眨了眨眼，撒嬌般的看著我。

少來這套！我伸手罩住他的臉往後推，才懶得理他。

拿起手機準備跟易偉聊天，我們可是遠距離戀愛，總是靠著通訊軟體維持關係，不過我們兩個人平時都很忙，也都不是黏膩的個性，對我來說，信任就是一切，只要相信對方，就沒什麼好擔心的。

老弟已經準備參加抽獎了，他們那票同學慶生會時，主題就是鬼怪趴，照片隨調隨有，根本小意思。

老弟比我聰明很多，腦子好、口才也好，他開始研究起這個盛大的主題限定遊樂園，我則把手邊的事處理完，跟易偉約了半小時後講電話。

「雖然說天數限定，但廣告頁看起來一點兒都不含糊，燈光造景都很讚，而且完全屬於萬聖節氛圍！妳聽喔……」老弟果然已經展開研究，「歡迎遊客扮裝入園，夜晚後會有各式鬼怪出籠，整座樂園會變成萬聖鬼城，會有各種傳說中的鬼怪，包括各式恐怖電影的角色……」

「我們也可以扮裝囉！」我聽到的是這個，很有化妝舞會的味道。

「不錯耶，一整個遊樂園的扮裝舞會！哇喔！」老弟也很興奮，「不過有點遠，我們不可能當天來回……嗯。」

見他點開訂房網，果然聰明，先把旅館訂起來其他再慢慢談。

「喂！我講電話喔！」我拍拍他，他比個ＯＫ後，把耳罩式耳機戴上。

我立刻爬回雙層床的下舖，撥電話給易偉。

我跟易偉聊著最近彼此的狀況，我這邊期中考在即，他也是，不過他是個打工達人，哪邊有錢哪邊鑽，這個遊樂園限定十天而已，薪水還不低也不影響他日常打工與課業，有人一介紹立刻就應了下來。

「白天跟晚上工作不一樣，晚上我得扮裝呢！」易偉故作神祕，「妳可以先猜猜我扮什麼！」

「唉唷，直接跟我說啦！」我是躲在被子裡說話的，一來怕吵到家人，二來也不好真的吵到老弟對吧。

「不不，要保密，到時候我就跑去嚇妳！」

「最好喔，你別被我扔出去！」我忍著憋笑，突然有人戳了戳被子！我唰地拉開，老弟就在我面前，「幹嘛？」

「打攪一下，偉哥要去的確定是萬聖鬼城限定遊樂園嗎？ＪＫ區那個？」

「嗯啊！」我坐起身，「怎麼了嗎？」

「他知道那個樂園之前是什麼嗎？」

老弟這問法讓我立即覺得不對勁！我馬上挺直背脊的坐穩，打開擴音，「易偉，我開擴音喔！唐玄霖問說那個樂園之前是什麼你知道嗎？」

「嗄？是什麼？我怎麼會知道！」易偉很困惑。

「那塊地二十二年前也是座遊樂園，荒廢很久了。所以這個主題限定的樂園是利用那塊地去做的。」老弟一字一字的說，「裡頭的鬼屋失火，在裡面玩的人來不及逃出來，幾乎全數燒死，所以遊樂園才倒閉……」

手機差點沒滑出手心，我圓睜雙眼，立即倒抽一口氣，「易偉，辭掉！不要去這個打工！」

「啊？妳在說什麼啊！只是過去的意外事故……小羽，都二十幾年了！」

「不不不……這太冒險了，我跟唐玄霖暑假打工時，那間工廠廢置幾年來著？」我朝向老弟，老弟比了個十，「十年！都十年了裡頭依舊冤魂不散！」

「但之前妳不是說那個工廠後來要曬地，曬地幾年後會平靜很多。現在這個樂園本身就是一大塊空地啊，再怎麼曬也都曬了二十幾年了吧！」

嗯？好像有道理耶！我跟老弟交換眼神，對啊，遊樂園整片天天風吹日曬雨淋的，曬地也算曬得夠徹底了吧？

「其實也是，而且之前發生那麼大的事，主辦方不會做法事嗎？」老弟其實沒我這麼緊張，「我只是提醒一下偉哥，以防萬一，一些護身符什麼的還是去廟裡求一下，多個保佑。」

「哦～好的！沒問題！」

我扯扯嘴角，這麼說來也是挺有道理的，「就還是小心一點，我可受夠了，不想再一次了。」

「不會啦！只是一個遊樂園啊！」易偉笑了起來，「講白點，哪個地方不死人？那走在路上也都要小心了？」

「說得也是！」我一下就接受了，「但說好的護身符一定要戴，我跟唐玄霖現在都是有戴有保佑！」

邊說，我拉起了頸間的紅繩把玩，我跟老弟現在身上戴的可多了。

「好好好，我答應妳，一定去求！」電話那頭笑得很開心，「經理說到時可以讓我們帶家人入園喔，不過一人就只能帶一個……」

原本張大嘴要喊著哥哥萬歲的老弟，瞬間軟了下去，只能帶一個人絕對輪不到他啦哇哈哈！

他沒好氣的起身，拖著步伐回到書桌邊，惹得我不住笑了起來。

「怎麼了？」

「嘿嘿，唐玄霖本來很期待你可以帶他一起進遊樂園玩的，哈哈哈！」我不客氣的嘲笑起來，「但你要帶，也是帶我對吧！」

「欸，不好意思啦！我當然帶我的小羽囉！」

嘿！我開心的關閉擴音，打開行事曆，在約定的日期上先登記下來，十月三十一號，就去這個限定主題樂園跟著男友一起過萬聖吧！

鑰匙轉動時我就已經聽見電視聲，老爸應該還在客廳裡看電視，推開門時，老爸扳著眼瞄我一眼。

「唷！老爸！」我進門，往玄關瞥了眼，「唐玄霖咧？」

「已經回來了。」老爸皺起眉，「妳也真是越來越晚回來！」

「有聚會啊！」我拎著宵夜走進屋，一眼就看到電視新聞裡的遊樂園實景拍攝，「哇靠……那個遊樂園耶！已經都弄好了嗎？眞帥！」

萬聖鬼城遊樂園的廣告做得非常大，不僅實景已經搭建起來，還到處投放廣告，而且社群小編每天都會錄影拍照，分開公布裡頭的裝飾，再加上天數限定也算噱頭十足，新聞也是鋪天蓋地的報導。

雖然僅僅十天，但裡面的設計可一點都不馬虎，完全就像國外的知名樂園般，從街景到道路，完全設計出一個歐洲小鎮的模樣，相當精細，想當然爾，門票也不便宜。

不過因爲他是使用舊遊樂園的空地去重建，時隔二十二年，許多相關人士其實都還活著，聽到舊地重開，難免有些心驚膽顫。

「有點可怕啊，我本來會是下一批要進去玩的，就跟朋友在外面等……然後濃煙便冒了出來，而且後來連窗户都竄出火燄，這麼久了我都還記得一清二楚。」

一個中年婦女在鏡頭前描述著當年的情況，至今心有餘悸。

「我還記得那個城堡突然塌陷，就最上面有個尖塔直接砰落，濃煙跟灰塵到處都是，我們嚇得狂奔啊……消防車來了好幾台，也都進不去。」另一個男子回憶著，搖了搖頭。

記者再去訪問其他路人，每個人的意見都不一樣。

「其實也不是說不能再開放啦，當年就是什麼設施都沒弄好嘛，沒有灑水器，消防設施也都是擺好看的，逃生通道聽說也沒通暢，但時代不同了，現在沒弄好不能通過吧？」

「不不不，要是我是不敢去啦……沒有，我比較膽小啦，就明知道死了一百多人還去，那不就很毛嗎？」

「做點法事，反正那塊地也放這麼久了，應該沒事了啦！很多事都是人嚇人，嚇死人！」

「不怕啊，有什麼好怕的，又不是我燒死他們的！」

「哈哈，爲什麼要怕？原本的東西不是都拆掉了啊！」

一連串的訪問，不同年紀不同立場，帶出的是不同的觀念，但無論如何，宣傳效果是眞的拉滿了。

老爸冷冷的看我一眼，「這有什麼帥的！都是些莫名其妙……的東西。」

我不懷好意的瞥了老爸一眼，挨著老爸坐下來，「我最近想起來啊，小時候帶我們去遊樂園玩時，老爸你好像沒陪我們坐過雲霄飛車之類的厚？」

「那個有什麼好玩的！」老爸尷尬的別過頭，「我、我我我都在下面幫你們拍照啊！」

「好像連摩天輪你都沒上去過厚？」我認真的瞅著老爸，「每次都是老媽陪著我們去玩，該不會——」

「妳又買宵夜！等等被妳媽看到又要唸了，趁她在洗澡還不快點拿進去！」老爸面子掛不住了，趕忙催促我進房。

哈哈哈！我也不逗弄老爸，本來老媽膽子就比較大，平時看起溫溫柔柔的，但較眞起來老媽可一點都不簡單！上次中元節我跟老弟撞鬼，差點死掉時，老媽一夫當關，萬夫莫敵，拿著一把園藝鐵鍬就殺進來了！面對厲鬼那是毫無懼色啊！

雖說母愛強大，但我們都知道老媽骨子裡多厲害！

我拎著宵夜進入房間，老弟早已堆滿笑臉，反正宵夜一定有他的份，而且他連盤子都準備好了。

「這麼用功，」我直接把宵夜扔在他桌上，「給你裝，我要先去洗澡。」

「下週要考試了耶，妳不緊張我才佩服妳，大三有這麼閒？」唐玄霖難掩羨慕口吻。

「平時有唸書，不必抱佛腳啊！」我邊說邊跳起舞來，「加油吧你！考完剛好可以去玩！」

提及此，老弟轉著椅子回頭，用一雙閃閃發光的眼瞅著我。

「什麼好事？喔喔，今天幾號？該不會遊樂園的抽獎公布了吧？」

「賓果！」老弟喜出望外的大喊，「我中獎了！」

「咦咦！」我立刻滑開手機查尋，「是寄MAIL還是簡訊啊？我怎麼沒收到……」

我氣惱的翻了又翻，找遍所有可能寄通知的管道，對上老弟那得意洋洋的臉，看來我沒中啊！

「怕什麼！偉哥會帶妳去吧！」唐玄霖其實一點兒都不擔心，「妳沒中也剛好啊，要不然不是浪費一個名額？」

「誰說的，他之前說帶親友是五折，我如果中獎的會是免費耶！」我嘖了一聲，「你一定不是tag我對吧？」

老弟突然紅了臉，僵硬的轉過去，拿起桌上的宵夜準備裝盤，手腳都不俐落了！哎呀，這可愛反應我可是盡收眼底，看來老弟有喜歡的人了厚！這太明顯了！

「唐恩羽啊！洗澡了！」門外傳來老媽的叫聲！

我趕緊抓了睡衣往外走，不忘拍拍老弟的肩，「好啦！一起去玩時再介紹給老姐我認識！」

「哎唷！我還不知道她會不會答應跟我一起去……」他耳根子都紅了，「欸，姐，我們去玩的事最好不要告訴老爸老媽！」

手都搆到門把上的我微微一愣，「……爲什麼啊？」

「遊樂園的宣傳最近不是很多嗎？我剛聽到老媽在外面唸那種有什麼好玩的，還說亂七八糟又危險，態度有點嚴肅。」換句話說，如果跟老媽說我萬聖節要去玩，可能會被阻止。

「怪了，老媽從來不管我們這個吧！」我覺得有些莫名其妙，「該不會因爲上次中元節撞鬼的事？」

「清明節也撞鬼吧！老媽最近動不動就叫我們要記得拜拜，說一定是清明時被煞到，才會一直遇到亂七八糟的事。」老弟沒好氣的嘆息，「半年來就兩次生死交關了，加上那個遊樂園的前身出過事，她一定會擔心的啦。」

「不說媽擔心，我也有點擔心……但不至於這麼衰吧？」我做了個深呼吸，「好，就說我們要出去玩，但不提遊樂園！」

我握拳向他，老弟即刻擊上，一言爲定。

是啊，怎麼可能這麼衰？清明節是因爲老爸的過去有些糾結，我發了瘋就是想去掃墓，才惹出一堆事來；而上次打工，是因爲我們打工的飲料店就在凶案現場旁邊啊，這有啥辦法？那天去外送飲料的如果是別人，一樣也會中獎啦，但轉念想想……還是老弟中獎好一點，至少他還有我這位姐姐跟老媽幫忙啊。

「退一萬步來說，遊樂園是開放空間，跟之前原地點的封閉地方不同，不太可能發生什麼事了啦！」我也仔細想過了，「而且這是要怎麼落單？那幾天絕對是塞滿遊客的遊樂園耶！」

假設就算眞的有什麼枉死的傢伙突然出現，那該怕的可能也是他吧？而且萬聖節前後那幾晚，遊樂園開到凌晨才關，根本不夜城！

老弟將滷味倒進盤子裡，起身要去廚房拿叉子，我則趕緊去洗澡，等等回來大啖宵夜。

人哪，還是不要想太多，省得庸人自擾呢！

這限定遊樂園是有點遠，鄰近都沒有任何旅館，最近的也要五公里以上，所以我們先住最近的民宿，再租機車過來玩！午後就抵達遊樂園玩好玩滿了，而且原本易偉的上司說帶一個親友五折，但後來因為易偉表現良好，他們那一組都獲得了免費券！

嘿嘿，免費的最好啊！雖然只有一個名額，也夠我玩的了！

只是……遊樂園二十九號開幕起，人山人海，我一整天都沒辦法見到我男友，直到今天萬聖節晚上，他才突然打給在餐廳吃飯的我，還只能有五分鐘。

一見面，鬼屋特別證就放在證件套裡遞給了我。

「收好，這是第一輪的鬼屋特別通行證。」他堆滿微笑，眼底都是思念，「有沒有玩得開心？」

「……你不陪我去嗎？」我接過他遞來的特別證，有點失落。

「我在工作啊！人手都不夠了！等等我就要去化妝了。」易偉略顯無奈，「喂，這早知道的事不是嗎？」

「知道是一回事……我還想著你可以稍微偷個空咧！」我失落的垂下雙肩，「啊都讓你們帶親友進來，結果我一個人進去玩？那有什麼意思？」

「唐玄霖不是會一起進去？」易偉指向了餐廳裡、正笑得開心的老弟跟他準女友。

「我這輩子有很多夢想，但不包括當電燈泡。」我扯了嘴角，有點捨不得的勾住他的手，「好啦，我不盧，你在工作我知道啦！看看這人滿爲患的盛況，你們應該都忙不過來了。」

「說得對！」易偉握緊我的手，「所以我不能再待了，我得快點回去……有時間我一定發訊息給妳！」

「那倒不必，我不一定會看！」我實話實說，玩樂時我哪有時間看手機。

易偉笑了起來，輕輕敲了我的額頭，這是他的習慣。

反正下班後再約，我才不會打擾他工作呢！看著他急忙奔跑的身影，明白他工作的確很忙，我也要明理；我小心的把特別通行證戴上，透明證件套裡塞著免費卡，將之往衣服裡藏，悠哉悠哉的回到座位去。

「老姐，幫妳點了冰。」還沒走回桌邊，老弟就指向桌面。

唷！這麼好？這幾句話我沒說出來，在別人面前還是不要吐槽老弟的好，給他留點面子。

「謝了！」我開心的坐下，老弟果然買了我愛吃的口味，「鬼屋時間好像快開始了，等等我們就可以去拍照去給鬼追了。」

「鬼屋是十一點開放對吧？我們十點半就去排隊嗎？」老弟對面的女孩，叫玉舒，是他喜歡的對象。

「第一輪都是中獎者吧！反正都會讓我們進去，沒必要這麼急吧！」他們抽到首輪鬼屋免費券，這模式其實跟當年星月遊樂園一模一樣。

其實說得也是，就跟拿快速通關券一樣，人數是確定的，所以流程跟順序都已固定了，只要憑票按指引進入就沒有問題。

「那我們等等就先去廣場玩，我還想多拍照！」玉舒興奮得雙眼發光，「會有許多鬼怪到處嚇人喔！」

「當然好，易偉還要我看看能不能認出他咧！」我大口吃著冰，「人這麼多，最好我是認得出來。」

「偉哥會跟我們去鬼屋嗎？」唐玄霖好奇的問。

我搖搖頭，他可是工讀生，要工作的咧，根本抽不開身。

玉舒吃完後開始在座位上化妝，她用了些紋身貼紙把自己弄出傷口跟黑眼圈，還說要幫老弟的頸子那邊弄出一個被吸血鬼咬過的傷口。

「你坐過來，我幫你用！」她甜甜的說著，老弟那雙眼亮的咧，趕緊坐了過去。

唉唉，我真心覺得我是電燈泡了，一雙眼睛都不知道該往哪裡看……突然非常理解老弟之前的感受了，他若是跟著我和易偉一起出去時，也是這麼的尷尬吧？哈哈哈。

紋身貼紙做得非常逼眞，玉舒用桌上的水沾溼整片紋身貼紙，直到外膜掉落爲止，如此就能好好的黏在皮膚上了。

附近的人紛紛投來好奇的目光，因爲薄透的紋身貼紙黏上皮膚後，眞的超像眞的！玉舒突然將整包貼紙推到我面前，我哇了聲。

看著裡頭一疊紋身貼紙，每一張上頭都有十數種圖案，挺炫的。

「儘管玩！我很多呢！」玉舒說著，一雙眼睛卻是專注的看著老弟，正細心的爲他黏貼。

這麼的近，都能感受到彼此的氣息吧，瞧瞧平時那口若懸河、從容不迫的老弟，曾幾何時坐姿如此僵硬，耳朵都紅了呢！我忍著笑，假裝不去看他們，打開貼紙包逕自挑了起來。

最終我選了一個眼下出血、臉上有刀疤跟大塊腐爛的圖案，要貼就要張狂，這才像我嘛！

「哇，很不錯耶！」斜對面的老弟發出驚呼聲，正對著鏡子看向自己的頸子，「老姐，妳覺得怎樣？」

我抽空抬頭，他頸間真的有兩個洞，洞裡滲血，是有那麼一回……嗯？老弟身後有個外國人竟也彎身看向他的頸子，淺淺笑了起來。

哇，帥！超帥！

「咦？」外國人是卡在老弟跟玉舒中間，他們兩個都嚇一跳的尷尬向後退。

「其實沒有非常像。」男人逕自動手按壓了紋身貼紙，「不過這也是一般人的認知……」

老弟都僵住了，他呆愣的看著眼前的金髮外國人，長得超美形不說，身上非常的香，一舉一動都超性感！結果外國人的指尖卻突然壓上他的頸子！

「嗯？熱血澎湃喔。」外國人看向老弟，低聲的笑了起來，「你心跳好快！」

「呃……突然有個陌生帥哥湊我這麼近，我很難不心動？」老弟嘴永遠都有辦法賤。

俊美的男人笑了起來，突然又湊得老弟更近些，像是在打量著他似的。

「欸，有事嗎？」我不客氣的拿手裡的湯匙敲敲桌子，離老弟這麼近太奇怪了，人再帥也是陌生人啊，「把你的手離開我弟身上！」

男人直接轉動優美線條的頸子，往我這兒看了過來，真的是絕世美顏，一雙碧藍色的眼睛非常迷人，連我都有點心跳加速。

「好凶啊，姐姐？」他起了身，大手卻仍按在老弟肩上，「眞有趣的姐弟。」

「你該不會是易偉的同事吧？扮妝的工作人員？」我皺起眉，覺得不太舒服，「我們都不認識你，但是你靠得太近了。」

男人笑了起來，哇……這一笑會讓人心臟病發啊，未免也太好看了！瞧，玉舒在旁半天都說不出一句話，附近所有人的雙眼都目不轉睛的盯著他。

「在鬼城逛，要小心喔！」他瞅著我笑，笑得我一顆心眞是七上八下。

男人逕自穿過餐廳後往外走去，直到他完全消失，整個餐廳才活起來似的。

「哇塞！帥翻了！你看見了嗎？」

「我的天哪！那是『百鬼夜行』裡的德古拉吧！他也來玩了？」女孩們幾乎齊聲尖叫，「他今天沒上班？」

「百鬼夜行今天公休啊，萬聖節當天他們都放假的！」

老弟下意識伸手撫上頸子，與我對視著，我知道他眼神代表的意思，因爲我手上都竄出雞皮疙瘩了。

「哇喔，好好看喔！」玉舒都忍不住吐出這幾個字，「原來他就是百鬼夜行裡的德古拉啊。」

「百鬼夜行？那間有名的夜店嗎？」老弟回過神，看著心儀的女孩眼神有點恍惚。

「嗯，那間店員都扮成各種妖魔鬼怪的夜店，進去的客人也可以扮裝喔！他們的酒保帥到出名，就是扮成吸血鬼的德古拉。」玉舒的臉微微泛了紅，又不經意往門口瞥了一眼，像尋找那個早消失的身影。

「原來是德古拉啊，有像！外國人，皮膚白又金髮碧眼，被他眼神一看，我心臟都快停了。」我嘖嘖的搖頭，「欸，不許跟易偉說喔！」

「這有什麼關係，我是男人我都心動！」老弟說得中肯，趕緊指向另一張貼紙，讓玉舒再幫他貼上臉，特色更強烈。

來這套！說穿了，老弟只是想要更多肌膚觸碰而已！我沒說破，一邊吃冰一邊把自己的臉弄成可怕腐屍，還畫上濃重黑眼圈，看上去豔麗又駭人，攬鏡自照時都覺得自己酷斃了。

「老姐，妳這樣子去鬼屋，我怕裡面的鬼會先被妳嚇到吧！」老弟打量著我的右臉，那看起來像是表皮被撕開、只存肌肉的模樣。

「到時看看誰厲害！」我抓起紙杯，把剩下的冰淇淋一口氣全吃完，「準備閃人喔！」

「啊好！我去一下洗手間！」玉舒緊張的起身，往洗手間走去。

瞄著女孩離開，老弟趕緊趨前，「老姐，等等路上如果遇到鬼追我們，或出來嚇我們的話，妳離我遠一點喔！」

「放心，會給你救美的機會。」我勾起嘴角，「我絕不插手，離你們遠遠的！」

「啊也不要太刻意啊！」老弟又紅了耳朵，「妳也覺得她很可愛吧？」

「我覺得她也喜歡你啦，放輕鬆！」我還是安慰老弟，瞧他緊張的！

轉頭整理我的包包，我們旅館已經先辦登記才過來玩的，所以只揹背包出來！若是以前的我，大概拎個手機就出門了，不過……唉，我看著背包裡的東西，我帶了繩子、簡便醫藥包、甩棍、刀子、起子，身上還掛著護身符，眞的是一朝被蛇咬，十年怕草繩啊！

玉舒回來後我們就前往主廣場，那場景相當驚人！

果然路上都已經亮起了骷髏燈，完全就是陰森小鎭的氛圍，跟白天的熱鬧截然不同，而且路燈也關閉大半，剩下亮著的不是閃爍，就是外頭包上紫色的玻璃紙，降低亮度，增加詭譎感。

「呀呀──」一間販賣部裡突然衝出電影角色的斧頭殺人狂，一堆人驚聲尖叫的在路上狂奔，那殺人狂還眞的在後面追。

手上拿著的斧頭逼眞嚇人，幾個女孩嚇得衝到一旁的人行道，殺人狂才轉向其他人攻擊。

樂園裡就是這樣，人行道就是安全區，如果踏上柏油路的話，各種妖魔鬼怪就能攻擊，前方有幾個大膽的男生就在路上跟喪屍對槓，由於工作人員一般不能碰觸到遊客，所以他們才這麼大膽的玩。

「好像有點沒趣啊！喪屍也只能對著他們吼而已啊！」我說著肺腑之言，「當遊客的也稍微跑一下比較好玩吧？」

「老姐，每個遊客都這麼盡責的話，工作人員會累死吧！」老弟看向女孩，「我們要不要下去玩玩？」

「咦？我……」玉舒很緊張，但還是好奇的點點頭，「那恩羽姐……」

「我害怕！」我說著違心之論。

玉舒明顯的喔了一聲，我從她眼裡讀到了不可思議，連老弟都轉過頭來瞪大眼睛看著我，彷彿在吶喊著：妳編那什麼爛理由！

有理由了還挑！我默默的往前走去，前面有一攤在賣爆米花的，我觀察好久了，因爲好多迎面走來的人手上拿著南瓜桶或骷髏桶，看上去很別緻，我可以買回去當個紀念品！

老弟他們一走下去，立刻就有喪屍過來，玉舒尖叫的想逃，老弟趁機牽起她的手，在喪屍堆裡逃竄，不遠處還走來一個巨型喪屍，也一起加入追逐。

「啊！」玉舒拐了一下，老弟即刻扶穩她，繼續跟其他遊客一起閃躲。

這遊樂園做得很好，就是有些地方太花俏了，就像道路中間會硬做了一些像軌道的金色造景，當然有的也是真的軌道，畢竟有遊園車會到處開，但是有些金色軌道是V字型的，很多人都被那些溝槽及軌道絆過，我下午也拐過一次。

我排隊前看了一下爆米花桶，掙扎著要哪一種，骷髏頭？還是南瓜？

排在人群中時，看見遠遠的有一群孩子列隊而至，他們到處嘻鬧，披著斗篷，捧著籃子，這可真太有趣了，竟連要糖的孩子都有！

「Trick or Treat！」孩子們很認真的列成一排，隨機找遊客要糖。

「我沒有糖耶！」幾個大學生翻找著身上，找不出一枚糖果。

「Trick or Treat！Trick or Treat！」孩子們開始繞著學生們又叫又跳，「Trick or Treat！沒有糖就 Trick 喔！」

小朋友們繞著他們轉，只是湊上前假裝要扮鬼臉，或是輕輕從籃子裡拿出一些惡作劇的蟑螂跟蟲子嚇嚇人，不管遊客有沒有反應，他們自覺整完後，就火速的找尋下一個目標要糖了。

我趕緊掏掏口袋，我身上絕對有帶糖，不過……我快要可以買到爆米花了，給他們爆米花比較實際吧！

我最後選了南瓜樣式的桶子，最近遇到這麼多亂七八糟的事，我不想把骷髏頭桶子擺在桌上，半夜醒來嚇死自己。

「來！」我一拿到，立刻朝著跑到對街嚇人的孩子們招手。

孩子們非常配合，一見到我即刻奔過來，我只能說小小童工也是很盡責的呢！

「Trick or Treat！」五、六個孩子齊聲大喊。

「Treat！」我抓起一把爆米花，「放在手上還是籃子裡？」

爲首的孩子歪了頭，最後決定伸出小手接過爆米花，其他孩子們也開心的雙手盛接，一拿到立刻往嘴裡塞，倒也沒在擔心什麼，這就是孩子的天眞。

「Treat！Treat！謝謝！」孩子開心得手舞足蹈，不遠處也有人朝他們招手，實在太可愛了。

我捧著爆米花桶朝四周張望，尋找老弟他們的身影，這兩個不知道玩到哪兒去了，剛剛一路走過來時，我們對附近狼人、吸血鬼區塊很感興趣，那邊的演員不是雄壯高大，就是美形男子，人氣很高。

不過，跟剛剛那位夜店的德古拉相比，都差得遠了。

我專心拍照，也不是不想玩……就是……唉，沒跟易偉一起還是覺得有那麼一點點失落啦！抓起一大把爆米花往嘴裡塞，我打算把尖出來的地方先吃掉，才能把蓋子蓋妥，接著再下去玩。

離鬼屋開放還有一個多小時，想想午夜十二點才開放眞的蠻屌的，也要眞的有這麼多瘋狂的人願意留到午夜吧？不過……放眼望去，遊樂園裡全是人，的確是不必擔心了。

有點熟悉的香味傳來，我下意識的朝右後回頭，熟悉的金髮男人不知何時站在我身邊！

「能要一把嗎？」他指向我的爆米花。

我沒有遲疑的遞上前，「請。」

附近原本對著鬼怪的相機紛紛轉向他，我有點尷尬的想閃躲，但男人飛快的握住我的上臂，直接定住我似的，右手從容的抓過爆米花。

「不必怕，拍不下來的。」他說得從容，我卻低頭不悅的盯著我的手臂。

「喂，你上手很自然耶。」

「怕妳跑掉啊，我爆米花都還沒拿到。」他抓握一把，朝我露出令人心動的笑容，「謝了。」

「我可以合理懷疑這不是巧合嗎？」我皺起眉，「我聽到他們說你是夜店的酒保？德古拉？」

男人笑著點點頭，突然指向了遠方燈塔上的鐘，「妳看，快十一點了。」

我順著他指的方向看過去，前面大概五十公尺處是個小十字路口，路口中設置一個大鐘樓，一樣仿中古歐洲的鐘樓，已經十點五十九。

在我轉過頭看的瞬間，男人的手指居然直接在我頸子上抹了一把！

「喂！」我氣得回頭，立刻就想打掉他的手——但是他卻更快的握住我的手腕，就這麼一握，痛楚即刻傳來……好大的力氣！

還沒來得及喊什麼，鐘樓的鐘敲響了——噹——噹——噹——

「十一點了。」他微微一笑，湊近我耳邊低語，「快逃。」

什麼？我瞪圓雙眼，不明所以的看著他，他卻鬆開手，一派從容的往我反方向的地方走去。

快逃？這兩個字說得我渾身發冷，爲什麼要逃？

耳邊的鐘聲變得異常清晰，人們的說話聲越來越小，或許是鐘聲太大，所以大家也乾脆停止說話，柏油路上的鬼怪工作人員全數刻意擺出各式詭異的暫停動作，而我則邁開步伐跳下柏油路面，想去找老弟他們！人呢？玩到哪裡去了？

噹——最後一聲鐘響異常的長，那不是迴音，而是眞的拖長了音，音波震得我打了個冷顫。

我終於在鐘樓附近看見了老弟的身影！「唐玄霖！」

他正在幫玉舒拍照，蹲在那兒回頭看了我一眼。

「老姐，妳來得正好，幫我們拍一張。」

他開心的把手機遞給我，我是很想拒絕，但遲疑一下還是接過，「速戰速決，有急事。」

老弟神情略歛，他知道我的，我現在的臉一定很臭，嚴肅的表示有事發生了！所以他趕緊跑到玉舒身邊，附近人聲開始活躍起來，鐘聲已經打完，各種鬼怪又展開追逐。

「怎麼了嗎？」老弟一邊說，一邊推著我的背上人行道。

因爲後頭的喪屍跟怪物已經朝我們走來，玉舒也趕緊跟上，有些不明所以。

「我不知道，但我心跳得很快，覺得不安。」我緊握著雙拳，那眞是說不出來的不暢快，「瞧我雞皮疙瘩都竄起了。」

我舉起手，老弟皺起眉看著，他一定覺得我莫名其妙，但我真的不知道該怎麼解釋。他身後的玉舒好奇的看著我們這對陷入沉默的姐弟，有底緊張的絞著雙手，卻也不太敢問。

「Trick or Treat！」孩子們的笑聲在我們對街響起，玉舒回過頭，好奇的看著遊客們搶著拍孩子。

然後，我這條路上的路燈，同時間又暗了一度。

「咦？」她抬起頭，看著全數變暗的燈光時，又發現到居然有霧！「起霧了！」

白色的霧氣飄來，藉由燈光看得更加明顯，而且這還不是薄霧，有點濃重啊！

「這也是特效嗎？用到這麼多造霧機喔！」老弟喃喃唸著，「該不會是乾冰吧？」

「Trick or Treat！Trick or Treat！」

遠遠的，又傳來孩子的聲音，我朝右邊遠方看去，路上的喪屍跟怪物都被霧遮去了身影，但孩子們的討糖聲卻越來越近。

越過玉舒往後瞧，對街要糖的孩子們突然止住了嘻鬧聲，他們也好奇的往來時路看過去，接著孩子們互相交換眼神，隔著兩公尺寬的馬路，我都能讀到他們的疑惑。

「不對勁。」老弟也發現了，他直接拉過玉舒，連同逼著我後退。

我們退離了人行道邊，離馬路越遠越好。

「怎麼了嗎？」玉舒終於忍不住問了。

「一個區域不可能有兩組一樣的人物吧，這樣就失去效果了，而且哪有這麼多人可以用？還都小朋友？」老弟分析得很對，我們一路走來，各種鬼怪會劃分區塊也是有原因的。

我們這塊就是喪屍區，跟喪屍相關的電影或電玩角色都會出現在這兒，剛剛路過的狼人跟吸血鬼區，每個十字路口那兒都有殺人狂魔，因爲他們可以朝四面八方追殺，比較有氣氛。

我們眼前這座鐘樓裡駐守的是電鋸殺人狂，一直可以聽見電鋸的音效，他剛剛已經衝出去追其他遊客了。

孩子們的「Trick or Treat」是一種萬聖標誌，第一批小小一條街都沒走完，第二批怎麼會出現!?

「這裡這裡！」離我們二十步之遙的一群年輕人開口喊了。

霧中開始出現小小的身影，他們一樣披著斗篷，拎著籃子，說眞的外形跟剛剛向我討糖的那批孩子一模一樣！他們踏著歡快的腳步，在受到招手時停了下來。

「Trick or Treat！Trick or Treat！」孩子們站在那群大概五六個人的學生面前，開心的問著。

連聲音都類似耶！

第一組孩子們眞的是面面相覷，他們都不知道該怎麼辦了，不過爲首的反應還是很快，立刻領了小夥伴們加速先往下走，試圖拉開與第二組的距離。

同時，我也邁開腳步，想遠離第二組孩子。

「玉舒，妳跟著我姐走前面。」老弟即刻將女孩推到我右方，他不安的觀察第二批討糖小孩，同時倒退著走的。

「我看看有沒有糖果呢？」學生們左撈右摸，最後搞笑的同時雙手一攤，「沒有耶！」

還有好幾個人拿著手機在錄，看來是故意想整孩子們，錄下他們的可愛反應。

「Trick or Treat！」孩子們吵著要糖般的跺腳，然後繞著那群學生轉圈圈，

「沒有糖就只能Trick囉！」

同時間，鐘樓裡竟突然傳來電鋸的聲響，在外面拍照的情人們嚇了一跳，驚聲尖叫的逃離！我緊張的朝一點鐘方向看去，鐘樓裡真的又竄出一個兩公尺高的面具殺人魔，電鋸在手、威風我有的拉動手上的電鋸，滋滋作響。

問題是……我往更遠一點的地方看去，距鐘樓二十公尺遠處，另一個一樣角色的人正在那兒嚇人啊！

對方明顯的也回頭看向鐘樓這兒，又是莫名其妙出現的第二組人。

「左轉左轉！」我拉著老弟的衣服示意別往前直行，再走幾步就要路過鐘樓邊了！我們決定朝左邊拐去。

「好啊，來Trick！」那群學生還在起鬨著，就是想逗孩子。

結果，藍色斗篷的孩子二話不說，猛然跳起，直接撲上了眼前一個男孩的頭。

張嘴一咬，男孩咽喉一秒噴出血來！

「哇呀——」那群學生嚇得大叫散開，可是其他的孩子早就準備好，紛紛跳撲上去，對準的都是喉嚨！

這邊騷動還沒完，離我們超近的電鋸聲嚇得我一個震顫，我們往鐘樓那邊看去，剛剛有一群人正就近拍攝著殺人魔，而遠方第一組的殺人魔也扛著電鋸，威風凜凜的走了回來。

然後，近在眼前的第二批殺人魔高舉著電鋸，沒有假裝嚇人的姿態，直直朝著眼前的遊客劈了下去——繩繩繩，電鋸劈上頭顱，鮮血頓時四處噴濺，站在旁邊的朋友當場錯愕，根本反應不及！

下一秒，電鋸轉個彎，從第一個人的頭顱橫向劈出，順勢劈入旁邊尖叫的女孩頭顱裡！

「哇呀———」

「啊——」

「啊呀呀———」

眞正的尖叫聲，響起了！

「快走！」老弟在後面使勁推了我跟玉舒一把，我們拔腿就往左拐去，直直向前衝。

「那是什麼？」玉舒懵了，尖叫著說話。

「不要回頭！跑就對了！」老弟喊著，我們其實剛剛都看見了要糖的孩子咬斷那群學生的咽喉，但是現在不是跟玉舒說的時機！

跑沒兩步就聽見前方此起彼落的慘叫聲，半空中突然跳下一個人，一伸手直接就朝我眼前一個男人的臉上揮去，又是鮮血四濺。

這才幾分鐘光景，滿空氣的血腥味迅速漫延，淒厲的慘叫聲不絕於耳。最可怕的是，霧越來越濃，而我們的視線越來越短了！

「Trick or Treat……Trick or Treat……」孩子們的聲音又從後方傳來，他們彷彿正列隊的繼續朝人要「糖」吃，如果他們是真的想吃糖的話。

玉舒嚇得腿軟，而我一直被地上的屍塊或是金色溝槽絆到，不停踉蹌，老弟只得抓過她的手，一邊撐著她一邊往前跑。

整件事都很扯，但是我沒有辦法去思考，我只知道要逃，一定要快點找個安全的地方躲起來！

「吼啊——」磅的一個龐然大物突然從上而下，直接停在了我們面前，沒有人有反應時間，我們前方的另一個也在逃的男人瞬間就被高高舉起，然後被一口咬下！

「啊呀！呀——」玉舒失控的連連尖叫，老弟緊張的摀住她的嘴！

我們僵在原地，我回頭看著身後，霧眞的太重了，現在除了我們三個跟前面那個應該死透的傢伙外，我什麼都看不見！

「嗚嗚……」玉舒腿軟的癱下身子，老弟環著她的腰逼她站直，現在不是哭的時候啊！

下一秒，龐然大物的影子從霧中走出，他用長毛的手抹去嘴角的鮮血，意猶未盡的舔著嘴角，嘴裡還嚼著應該是……肉條之類的東西吧。

我都忘記我有沒有在呼吸了，抬頭看著逐漸清晰的對方，我這輩子都沒想到，居然會有見證狼人這種東西的存在的一天！

他低頭睨著我們，那狼爪直接就朝前伸。

「高抬貴手！」我緊張的喊出聲，「我們超難吃的，又乾又瘦，絕對不可口！」

老弟不可思議的轉過來看我，我知道！我現在不該說話，但我就是……有商有量嘛！

「被做記號的人啊……」狼人露出不屑的神情，「哼！我跟他品味不同，這種等級我才不喜歡吃！」

那一口字正腔圓的國語，聽起來不但跟普通人一樣，還亂有磁性的，狼人直直朝我們走來，老弟嚇得不敢動，當他走到我面前，還喊了一聲借過。

借！借！借一百次我都借！我拖動沉重的腳步轉個方向，狼人眞的就這麼離開了。

「玉舒！妳站好！」老弟連忙回神，「老姐，往前走就是大門！方向沒有錯的！」

「我們得要先能平安到達門口……」我終於能呼吸般的喘著氣，「剛剛那個你看……」

「我看見了！現在不是討論的時候了！走！」老弟催促著玉舒，「走啊，玉舒！妳不能不動！」

「Trick or Treat，嘻嘻……」「呀——我沒有糖，哇啊啊！我沒——」

身後孩子的聲音再度響起，比剛剛更近了些！我們驚恐的回頭，聽著孩子們吼著說要實行 TRICK 時，就失去思考的能力了，跑啊！

我其實不記得離大門口還有多遠，但滿地的屍體與屍塊讓我們舉步維艱，四周還有跟我們一樣在逃難的人，殺戮似乎往遊樂園中心移動了，因爲我們後方的慘叫聲越來越大。

奔過一個只剩半截身體在自己攤位上的攤子時，我順手拿了攤子的鋁桿支架，沒有個東西握在手中，總覺得沒有安全感，我背包裡是有東西可以用，但我沒空翻啊！

「啊……」玉舒打著哆嗦，因為她剛踩過一個可能是腸子的東西打了滑，身子不穩是小事，但看清後才更驚嚇。

人聲越來越明顯，手電筒的光也開始晃來晃去，我們從濃霧中穿出時，看見了遊樂園的大門……緊閉的大門，還有下方一大群渾身浴血、狼狽不堪的遊客。

「開門！這是怎麼回事!?」

「我打電話打不出去！訊號是滿格啊，但是……」

「哇啊啊啊！救命——救命啊！」

我們歡歡喜喜進入遊樂園時，大門是敞開的，所以根本沒有人注意到，這間遊樂園的鐵門居然有近三公尺高，鐵柵欄如同監牢似的隔開我們與外界，而且鐵門超厚實，不是那種隨便輕易能撐開或掰斷的。

哀鴻遍野，大家都擠在門口，這反而讓我卻步了。

「太多人了……」我拉住了老弟的衣服，「這樣聚在一起就像通知放飯吧？」

老弟也很早就止步，我們停在最外圍，當然我沒忘記後頭的大街上還有要糖的孩子逐步逼近……如果一路上的人都被他們「惡作劇」完後，他們應該很快就會過來要糖吃了。

我拿出手機，訊號滿格沒錯，但一堆人卻打不出去，看著重重上鎖的大門，這太不對勁了，簡直像是故意的，就算晚上七點後不收客，也沒必要鎖上大門吧？爲什麼要這麼做？還有那些跑出來的怪物又是什麼？鬼嗎？他們的裝扮跟工作人員一樣，甚至連電影裡的角色都能持著眞正的電鋸砍人了！

「快點！上去！上！」

大門那裡傳來騷動聲，一堆男性試著往上爬，打算翻出去。

「很難，這要臂力很強的人才行！」老弟指著鐵門的上半部，「那上面幾乎有快兩公尺都沒有任何橫桿，等於要抓著直條拼命往上爬到頂才能翻出去。」

我瞥了他一眼，「那我們兩個都可以。」

眼尾瞄向玉舒，但是這女孩不行。老弟用眼神跟我搖頭拒絕，我心底也知道，更別說我現在還在想：易偉人呢？

「我們一個人先出去搬救兵呢？」我提議，「你出去，玉舒我來顧。」

「不行。」老弟即刻反駁，他不可能把女孩扔下。

「現在不是裝紳士的時……」

磅！巨響突然傳來，緊接著傳來像爆炸的聲響，鐵門那邊發出了強烈的火光，一簇接一簇的，一堆人影竟從鐵門上被彈飛，同時瀰漫在空中的是濃重的焦味！

一回神，剛剛那些爬上去的人全部都消失了。

「啊……」玉舒嚇得往後倒上老弟的身子，顫抖的手指指向眼前地面上的焦黑屍體，簡直不敢相信。

全場安靜，有的屍體身上甚至還在燃火。

「哇啊！爸爸——爸爸！」

「爲什麼……爲什麼會這樣!?」有個婦人激動的衝向鐵門，「開門放我出——」

她握住鐵門的瞬間，又是一陣火光，那個婦人整個人飛了出去。

「高壓電！別碰那個門了！」終於有人大喊，整道門都通了電！

我好想罵髒話啊啊啊啊！忍不住腿軟的半蹲在地，連指尖都克制不了的發抖，一股反胃湧上，這空中又是血腥味又是焦味的，我忍著不吐已經很客氣了！

鎖上的大門、通高壓電的鐵柵欄、成眞的傳說怪物、莫名其妙的屠殺，這根本是個局啊！整個遊樂園就是陷阱，今天來的遊客一開始就注定了無法逃出生天嗎？

「老姐，我們得快走。」老弟蹲姿趨前，握住我的手臂向上提，「這裡不能待。」

沙沙，輕快的腳步聲由遠而近的踏來，我眞的是咬牙撐著自己的腿才能站起的！我記得下午進門後，眼前有各種岔路，只是現在大家都擠在門口而已，哪邊……哪邊……

「Trick or Treat！」

剎地迎面衝出了孩子們，由於我們待在人群最外圍，就變成第一個面對了他們！

我正半蹲著，就這麼恰好的跟那斗篷的孩子面對面，之前的小孩都只是戴著搞怪面具，但現在這幫小孩根本不必面具……他們頂著血肉模糊的臉，就這麼衝著我笑了。

我第一時間把沒鬆手的南瓜爆米花桶就遞了出去，直接頂到男孩的籃子，硬是拉開了距離。

「Treat……」我的聲音一定在抖，希望他聽得懂。

老弟在我身後幾吋，我們誰都不敢妄動，看著後面的孩子一個接一個的出現……他們滿臉都是血，臉上到處都是腐爛的痕跡，連捧著籃子的手也都是肉腐生蛆，像是剛從土裡爬出來的一樣。

一隻蛆緩緩鑽出孩子的左眼，他連看都沒看我的南瓜一眼，就劃上猙獰的笑……看來他不喜歡。

「這個！剛出爐的！」老弟突然探身向旁，一把將掉落在我們身邊的焦屍往前拖，「熱騰騰的、還有點焦香味。」

我眼尾瞪他：你認眞的嗎？

鬼孩子完全有移開視線，那可以看得見骨頭與牙齒的嘴咧了開，越張越大，眞的裂到了耳朵底下。

「沒有糖……就只有Tri……」啪刹！

鬼孩子直接從我面前往旁邊飛去，他們眞的是飛去的，因爲門邊的遊客驚慌失措，直接撞開他們逃走了！

「吼——」一群孩子無視於地心引力的啪的彈起，氣忿的回頭朝那些逃難的人衝去，「Trick or Treat！」

喔喔喔！感謝無視於鬼小孩的人們啊！老弟想扶著我起身，我拍掉他的手，叫他專心顧那個連走路都有問題的玉舒，我們按兵不動，因爲這是羊群效應，這麼多人離開高壓電門前往前衝，一定會讓剩下的人跟著奔離的。

「在外面太危險了，霧這麼濃，啥都看不見。」我穩下心境，「我們要找地方暫時躲避，需要避難所。」

「我沒記錯的話，右前方就有一條路，並不大，那邊沒有商店只是過道，記得嗎？」

「不記得，但我相信你的記憶。」我回頭看去，高壓電前只剩下哭泣又無所適從的家屬，我們誰都救不了。

「走最小那一條，那邊完全沒商店。」玉舒接話，說得斬釘截鐵。

唷，看來她記憶力也很好嘛！

「玉舒，別哭了！走！」老弟硬拉著發抖的玉舒起來，她就是哭，只會哭。伏低身子，我們踩著滿地血污前行，看著各種碎屍殘塊橫躺一地，血液汩汩流淌，我現在只希望我將不會是其中一個！路上看見別的攤位的支撐鋁桿，隨手擦掉上頭的血，往後遞給老弟。

拿著，心安用。

慘叫聲有遠有近，我們很順利的穿過這一整條小巷，沒商店也就沒人聚集，玉舒果然記得非常清楚，但也不至於一個人都沒有，只不過都已經死了。來到下一個路口，濃霧之中伸手不見五指，我們不敢貿然再往前，就蹲在角落，先確定沒有任何東西在附近再說。

這簡直是喪屍電影活生生的上演，只是還不只有喪屍更慘！

「哇啊啊——啊——」大門那邊傳來了慘叫聲，玉舒顫了身子，老弟緊緊壓制，這是預料中的事。

大門那邊沒有什麼躲藏的地方，只怕凶多吉少。

濃霧中突然有抹橘光出現，老弟趕忙緊緊圈住玉舒，用手摀住她的嘴怕她失控，我跟他分據這條路的左右兩邊，這是以防萬一的戰略，不管哪邊有東西出現，至少不會一起全軍覆沒。

接著，有個渾身著火的人，打直雙手哭喊著求救般，從與垂直的那條路奔跑過去。

「救我！救救我！我想離開啊——」火球疾速的一路飛奔而去，我甚至都沒看清楚對方長什麼樣。

緊接著，磨擦音傳來，一雙手首先映入我眼簾，我趕緊做手勢讓老弟他們往角落再躲一些！一雙指尖都被磨掉的手叩著地面，使勁往前爬行，一樣是爬在與我們垂直的道路上，隨著他往前的「步伐」，終於明白他的吃力從何而來，因爲他沒有下半身。

下半身血肉模糊，連個骨頭都不剩，只有雙手與上半身在掙扎著。

「讓我離開這裡……嗚，爲什麼？讓我離開啊！」

活生生的鬼啊！我隔著一公尺的石板子地與老弟相望，又來？這些東西是哪裡來的？

大門那邊已經沒有慘叫聲了，連「Trick or Treat」的天眞討糖聲都朝著遊樂園的內部遠去，但我們依然不能待在戶外，因爲依照經驗値來說，亡魂厲鬼這些傢伙很容易能找到我們的。

往前，老弟指了指正前方，我們不轉進垂直路口，而是選擇直接越過垂直路，到對面去繼續前行。

去哪裡？

老弟沒說話，攙起玉舒預備行動，事實上我們眼前的垂直路上一直出現哀鳴的亡者，但這些不同於剛剛的攻擊惡鬼，比較像是哭喊求救的怨魂。

阿彌陀佛，我們是泥菩薩三尊，眞的自身難保！

走！不顧一切的往前就跑出去，我差點就撞上一個在地上打滾的火人，那是個女人，她立即看見了我們，趴在地上慘叫著。

「帶我走——我不要待在這裡！」

「放我出去！出口呢!?」另一個朝我們奔來的，是一具百分之百的焦屍，

「爲什麼門打不開!?」

他眞的很焦，還邊跑邊掉屑，我們橫過這條路繼續往前衝時，卻沒有一個

人……或鬼跟過來，他們就筆直的順著路往遊樂園的內部走去，非常專心一意。

「不是要避難所嗎？看！」老弟指向了正前方，那在濃霧中隱約出現的黑影。

啊，是了，那只怕是現在最安全的地方對吧？

尚未開放的，鬼屋。

鬼屋外已經沒有工作人員，但今晚本來是因應十二點的鬼屋首秀，所以整棟鬼屋都是關閉的狀態，也沒有遊客，這濃霧大到要不是老弟記憶驚人，連從哪條路進去我都搞不清楚。

我看著在霧裡若隱若現的鬼屋，從髮尾到腳尖的指甲都覺得毛骨悚然，但是我現在真的想要一個暫時不必怕有東西撲過來、或是來問我「Trick or Treat」的地方，能夠毫無顧忌的躲個五分鐘也好！

「入口在哪裡？」我用氣音問著，老弟指了指右手邊。

我踩到某個打滑的東西差點絆倒，但已經不想去看是什麼玩意兒了！逕直小心的跟著老弟身後走，真的是戰戰兢兢，每一根警戒天線都豎直，深怕錯過任何聲音。

鬼屋入口是座圓拱大門，緊閉著看起來進不去。

「沒路……」小小的聲音，從旁邊的灌木叢中傳出來。

鬼屋角落蹲了好幾個人，他們努力的躲在灌木叢與樹下，朝我們搖了搖頭，看來他們已經嘗試過了。

一定有員工通道的，我握了握手上的鋁桿，深吸了一口氣，「我去找員工出入口，你們跟他們躲在一起。」

「這種事應該——」老弟話說到一半，雙眼突地瞪圓，而且是看向我身後的，哇咧！

我抓緊鋁桿一回身就先突刺，管他是什麼，距離拉開就對了！老弟也即刻上前幫我，咱們向來姐弟齊心——

「喂喂喂！」來人嚇得蹲下身，「搞什麼啊？」

聲音來自下方，我趕緊把鋁桿也往下方揮去，對方輕易的握住我的鋁桿，起身後彈掉老弟手上的。

……後面躲藏的人嚇得悶叫，因爲從濃霧中出現的，是一個滿臉傷痕還插著玻璃碎片的傢伙！

「……偉，易偉！」我激動的快撲上前了，「你有受傷嗎？這是……」

「這是妝，我扮鬼啊！」易偉也焦心的打量著我……我們，我們身上都有飛濺的血跡，但還沒受傷，「看你們這樣靈巧，應該沒什麼事？」

「還沒，但是……」我喉頭緊窒，「我想找地方躲躲，曝露在外面太可怕了。」

「我懂，這裡是遊樂園裡唯一關閉的地方……但是……」易偉欲言又止。

但是，誰也不知道裡面的情況。

「我賭一把，因為那些鬼會先針對外面尖叫逃跑的遊客，今天的遊客……非常多。」老弟緩緩的說著，換言之，一時半會還過不來。

我看向手上的錶，現在才十一點十五分，這短短一刻鐘，樂園變煉獄，我覺得比十五小時還長。

易偉點點頭，多看了我幾眼，又在我肩上按了按，代表一種打氣，「我找你們好久，我眞的……唉！」

「好啦！我沒事！快帶我們進去。」我知道他擔心我，想著呵護我，但很多話可以留到裡面再說。

易偉即刻往前，我跟老弟跟上，順道朝著遊客們招手，要他們一樣伏低身子，躡起腳尖，放輕聲音的跟上。

古堡的一樓做得非常氣派，畢竟是入口嘛，有個角落呈現一個圓形碉堡的感覺，易偉就帶著我們繞著牆角走，現場安靜得令人覺得不安，但都還沒走幾步，就見易偉對著石牆上一摳，出現了一個面板。

工作證嗶出的聲音在這詭異氛圍裡顯得特別刺耳，儘管它是如此小聲，卻讓每個人心底都叩登一下，緊接著裡頭發出喀噠一聲，易偉輕易拉開了眼前的石牆，原來只是個造景門，而且裡面還有一道鐵門。

「快進來。」易偉選擇站在門外的狹窄空間，要我們快些進去。

我一點遲疑也無，逕自扳過易偉的身體往裡推，這種時候，他沒必要當一個工作人員了！如果外面等等突然又有什麼惡鬼殺過來怎麼辦？先保護自己再說！有活人可以愛，誰想要愛的人當英雄啊！

「恩羽……」易偉抗議無效，已經被我推進去。

裡頭空氣很冷，氣溫很低，不過意外的倒是沒有聞到什麼特殊的鐵鏽味，至少這一區還沒見血？

眼前是條小小的甬道，沒五步路的左邊就有門，門縫下不僅有燈，還可以看見門裡有影子在晃動……

易偉小心翼翼的往前，還沒抵達門前，就先用指頭敲敲門。叩叩。

門縫都是影子，有人就貼在門後，這讓我的恐懼消失大半，我覺得這麼呆，應該不是那些可怕的妖魔鬼怪！說是這樣說，我手上的鋁桿握得可緊了。

「嗚……」細微的哭聲自裡頭傳出，然後是眞的門外都能聽見的氣音。

「你去啦！」

「我怎麼知道外面有什麼？」

唉，我放鬆了肩膀，往後看向擠進來的其他遊客，大概有十幾個人，把這條甬道塞得滿滿的。

「我易偉！」易偉也已經知道是誰了，又敲了兩下門。

「是易偉！易偉——噓——」興奮的聲音後又是緊張的噓，門終於打開一條縫。

一樣化著鬼妝的男孩探出頭，一看見我們有點緊張，但看見易偉時立即就飆淚了！

「易偉！出事了！」他哭著撲上去，易偉擁著他拍了拍。

老弟往裡頭探，有兩三個工讀生都躲在裡面，看來這就是他們換裝的地方，並不大，但還是夠擠一些人，所以他把玉舒先往裡頭送。

「這裡可以塞幾個人，看你們要不要進去。」我回頭對其他遊客說著，「還有其他人嗎？」

「沒人……大家都出去了，我們是……道具有問題才回來換的！」說話的男孩抹去的淚把妝都抹掉了，「然後無線電就傳來慘叫聲，我們、我們根本不敢出去。」

「其他人呢？負責佈置現場的？」

「不知道，但是我們有用無線電通知了……」大頭頓了幾秒，「在裡頭的都不是我們這組的。」

「不是你們……」易偉話說到一半，被從他們中間過去的遊客打斷。實在有夠沒禮貌的，連句借過都不會說！看著遊客們恐懼又緊張的拼命往其他小房間裡鑽，裡頭另一個女孩說對面的房間也能進去時，大家都積極了起來。

我下意識的往左邊看去，想算算還剩幾個人時——

門沒有關！

這群人的最後一個混帳，居然他媽的沒關門！

我刹地直接衝過去，一路滑出鐵門外，來到石牆門外時，我親耳聽見了緩慢但類似喪屍的腳步聲！

該死！

「姐！」老弟的氣音在我身後傳來，我即刻右手打直伸後，叫他不要過來！

屏氣凝神，我緩緩伸出手……我得把最外面那道門給勾回來，門千萬不要有聲音，拜託門軸有上油啊……咿——

啊咧！我嚇得僵在原地，同時間那嘔啞嘈雜的吼聲即刻傳來，沉重的腳步聲往我這裡來了！果然是喪屍！

我是來找避難所的，不是來把自己困死在——磅！

說時遲那時快，我什麼都沒看清楚，只見那扇門直接對著我的臉打過來，我下意識的向後倒下，那扇門就在我面前關上了！老弟飛快的從我身邊跳過，上前確認那道門已自動關上後，接著將我往後再拖進了鐵門裡，再將鐵門上栓關上。

我這才感到鼻子痛，疼得撫上，外頭傳來一堆亂七八糟的吼聲，但是卻沒有打算破門而入的樣子。

「老姐……」老弟確認我的狀況。

「沒事，就是被那扇門打到……」我搓搓鼻子，一時的麻疼等等就會過去了。

「你們可以再誇張一點，進來不關門？誰走最後一個？」

易偉氣急敗壞的問著，遊客一人一句，你看看我我看看你，誰的指頭都是指向別人，或是「我以為他會關」。

「算了！」易偉扶我站起，我喚住老弟，「反正暫時沒事了。」

易偉跟老弟都非常生氣，玉舒趕緊上前安撫老弟，我不安的回頭再看了眼那被硬關上的門，門是被人關上的，我的鼻子在被撞到前，清楚的聞到那個金髮帥哥的香水味。

他在外面嗎？為什麼這麼熱心要幫我們？而且……他在外面是安全的嗎？

「你剛沒說完，不是我們的人是什麼意思？」易偉在確定情況暫時平穩後，繼續問同事。

「佈置鬼屋的是外包人員，我們全部都不必去幫忙！出事時我就是告訴他們外面很可怕，叫他們不要出去……」大頭遲疑了幾秒，「一開始他們有說好，但後來無線電就再也沒聲音了。」

我們三個，同時都做了一個深深深呼吸。

「有多的無線電嗎？給我們一人一個……兩人一個也行。」我轉過去向易偉低語，「我不想待在這裡。」

他摸摸我的頭髮，那是憐惜的動作，他沒有反對，而是進屋去翻找無線電，最後找出兩個。

「我跟著你。」玉舒緊緊握著老弟的手，滿臉都是淚痕，抖個不停。

老弟也沒反對，畢竟把玉舒一個人放在這裡，她一定會害怕，跟其他人也不認識啊。

「你們要去哪裡？」有遊客問了。

「逛逛，我們可是正港第一批鬼屋遊客喔！」老弟亮出頸子間的證件套，「我可是中獎者喔！」

「現在還有心情逛鬼屋？外面都……那些都是鬼了啊！」

我不想跟這些人聊天，我要的是安靜！想清楚目前為止發生的一切，還有到底要怎麼離開這間遊樂園。

我加快腳步的往前走，易偉即刻追上，大手攬住我的肩，他知道我現在情緒瀕臨崩潰，抓狂的那一種崩潰！

從員工通道走進鬼屋的廊道，鬼屋裡通常除了機關外，當然也有員工進出的地方，隨時扮鬼在這裡嚇人，或是操作機關等等，我們一走出就是個泛著綠光的走廊，空調開得非常強大，排氣孔上的假蜘蛛絲飄盪著，但十分安靜，也沒有任何血腥味。

「厚……」我鬆了口氣，轉了轉頭撇開易偉，自己一個人就握著那根鋁桿在走廊上走來走去。

「沒事，給她點時間。」老弟輕聲對玉舒說，女孩背靠著牆蹲了下來，雙腿依舊止不住的發抖。

這條走廊不長，我只能走來走去，拳頭越攢越緊，我直想大叫。

「打我，沒關係，我耐得住的。」易偉突然塞到我面前，笑著說。

「煩死了！」我唸著，一拳還是朝他胸膛搥下去，「這到底什麼情況啊？」我控制著怒火，咬牙低吼，過去這十五分鐘發生的事情比電影還扯，狼人、喪屍、不死殺人魔、咬喉死小孩，都活生生的出現在大家眼前了！

「這裡簡直就是名副其實的鬼城，所有應該是工作人員扮裝的角色、鬼怪，都變成眞的了。」老弟走了過來，「連狼人都有，這簡直扯……」

「好兄弟也不少，我看到很多半死不活的，腐爛中或是殘缺的……啊！還有很多身上燃著火的人在路上跑，遇到人就撲上。」易偉雙手扠腰，有些難受的倒抽一口氣，「跟我同組的就是這樣被撲倒，也一起燒起來了。」

「那群要糖的死小孩又是什麼？他們撲上就是咬斷咽喉……」我下意識摸了摸頸子，「這裡好吃嗎？」

「不知道是什麼鬼，而且不管給什麼他們都不要，就是要生肉！」老弟凝重的揉著自己眉心，「我的天哪！我們到底是爲什麼一直遇到這種事啊？」

易偉看著我們，突然上前冷不防的摟住了我！

欸……我有點害羞的埋在他肩頭，雖然我很喜歡他的擁抱，但是現在老弟他們都在啊，場合也不對嘛！

「怎麼突然這樣？」我悶悶的說，卻很享受這個安全感。

「我，之前一直不相信妳說的話，什麼鬼呀亡靈的，我甚至還以爲妳跟唐玄霖在整我。」易偉沉重的擁得我更緊些，「直到今晚我親眼看到。」

我有一點點驚訝，但是易偉的反應也不意外，今年去掃墓前，我也沒想過自己會有撞鬼的一天。

「我可以理解，但、是……」我一把推開他，生氣的瞪他，「你質疑我？你以爲我有妄想症嗎？」

易偉沒回答，閃爍的眼神代表了一切，我氣得往他胸口直搥，簡直討打！

「好了啦！我還寧願偉哥永遠沒相信的那天！現在整座遊樂園都是鬼城，唯一的大門通了高壓電，八點後不收遊客，所以也沒人會過來，想排班的計程車再怎樣也會半夜才出現。」老弟很快的拉回正題，「手機打不出去……我記得今晚鬼屋開幕，應該會有很多網紅跟記者……」

「我看到兩個，他們都拍下自己被殺掉的瞬間。」易偉沉重的打斷老弟的話，「幾個網紅正在自拍，一斧頭飛來就只剩一半的頭顱了。」

「幹！可以再噁心一點！」我不耐煩的抓著頭，「說到那扇門，做成那模樣就是故意不讓大家可以爬出去，甚至通電……這就是個陷阱。」

「那我們是獵物嗎？」易偉呼吸相當急促，這是他緊張時的表現，「這種事……爲什麼？」

獵物？一開始就打算把整座遊樂園的人關起來等死嗎？那些魍魎鬼魅下手毫不手軟，狼人是否是眞的狼人沒人知道，但惡鬼卻是眞實的……

「這個遊樂園，根本沒打算開十天，他爲的就是今天。」老弟沉穩的開口，「前兩天都沒事，今天突然變成這樣，有時可能是觸發到禁忌……但從門的設計與通電看來，就是故意的。」

「我也這麼認爲，費這麼大功夫，就爲了……」

嗶——刺耳的廣播音響起，我們每個人都嚇得摀住雙耳，高分貝的聲音令人不快，樂園廣播器來傳來可怕的雜音……或吼聲，或哭聲，更可怕的，是背後那淒厲的慘叫求救聲。

「哇呀——呀呀——救命！不要、不要哇——」

「Trick or Treat……我們會很多種 Trick 喔……」孩子的聲音突然成爲前景

音，笑得令人毛骨悚然。

「看樣子躲在廣播室裡的人……被抓到了。」易偉緊張的深呼吸，「那邊應該第一時間也是能封鎖住大門的。」

換言之，鬼屋裡也不見得安全！

「我們離開這裡，這邊離大門太近了。」我即刻起身，「玉舒，走了。」

玉舒趕緊扶牆站起，聽話的快步走過來。

「妳要進去嗎？鬼屋裡跟迷宮一樣，不小心迷路反而出不來！」易偉拉住了我，「萬一那些東西跑進來，我們被逼到死路反而沒地方去。」

「這裡也是死路啊。」我苦笑著，難道待在這裡，就能安全嗎？

「我……我能記得路。」微弱的女孩聲傳來，玉舒噙著淚舉手。

「對，她記憶力很好，我甘拜下風的那種喔！」老弟用欽佩的語氣說著，玉舒總算勾了點角度。

易偉無法反對，他點點頭，伸手接過我手裡的鋁桿，主動走到前面去，我欣慰的笑笑，取下背包拿東西。

「那桿子交給你，鋁製的不太有承重力，我自己有其他好物……你戴上。」

我跟老弟同時打開背包，把護身符再戴上兩層，也給了玉舒跟易偉，接著我拿出甩棍，然後把刀子扔給了老弟。

玉舒跪坐在旁瞠目結舌的看著老弟俐落的在刀上的環綁繩，我則把甩棍插在皮帶裡，再挖出一條佛珠鍊，想了想給玉舒戴上。

「他們都有學。」易偉溫和的告訴玉舒，「不然阿霖那健壯的胸肌哪裡來的？」

「健壯？」玉舒有點錯愕的看向老弟，我忍不住噗哧笑了起來。

「笑屁喔！」老弟瞬間面紅耳赤，不客氣的推了我一把。

我向後倒去，易偉即刻抵住我的背，「動手啊你！玉舒，別看他瘦，他很精實的，就是喜歡穿寬大衣服，才瞧不見肌肉。」

玉舒視線立刻往胸肌看去，結果老弟已經羞得無地自容，趕緊站起別過頭去，玉舒繼續露出危機中難見的笑顏，放鬆了許多。

「終於笑了！」易偉也跟著笑起來，「在這種情況下我們什麼都做不了，但一直恐懼只會更慌亂，只能走一步算一步了。」

我點點頭，將背包重新揹妥，把玩著甩棍，「那我跟老弟走過的路可多了……呼，走吧！邊走邊想。」

易偉在前，後面跟著我、玉舒，老弟殿後。

「我有些想法，大家聽聽。」壓後的老弟緩緩出聲，走在最後面的他聲音向前，反而很清晰，「不管事情是怎麼發生的，但至少可以感覺到現在發生的一切都是刻意的！故意關住遊客、故意讓大家死在這裡，主辦方大有問題。」

易偉擰眉，回頭說了句，「爲什麼要這麼做？」

「不知道，但花這麼大的氣力，又是爲了今天要做這件事，這絕對不是什麼有錢有閒的做法，一定有目的。」老弟聲音明顯的很緊，「二十二年前，一樣是萬聖節，一樣發生在這裡的那件慘案，記得嗎？」

我停下了腳步，滿腔怒火，「鬼屋失火那件事吧！我剛也想到了，在那群燃火的鬼經過時就想到了！」

「什麼？什麼？」玉舒前後看著，她不明白。

易偉凝重的回頭，他倒是沒有疑惑的眼神，看起來他還是有把我的話聽進去嘛！都查過了吧？老弟把二十二年的案件說了一遍，當年的遊樂園鬼屋突然失火，結果沒有人逃出來，幾乎全數死在裡面的案件。

「咦？所以這裡荒廢到現在才……」玉舒臉色刷白，「那你們怎麼還敢來？」

「嗄？路上每天都有車禍死人，妳怎麼敢上街？」我當即回嗆，這哪門子邏輯？

「老姐！」老弟在後面瞠著雙目警告著，客氣點啊！

「對不起，我不是……我不是那個意思。」玉舒連忙解釋，但是我知道，她、就、是、那個意思，所以我沒打算道歉。

「要知道今天會發生這種事，誰會來啊？我還在這裡工作耶！」易偉連忙打圓場，「都這麼久了，而且就是一個空地，拿來做個臨時活動根本不會想這麼多。」

「但現在情況不一樣了，一樣萬聖節，一樣的……不，更可怕。」老弟神情嚴肅，「當年整座鬼屋裡悶燒，沒有人知道裡面發生了什麼事，拖出來都已經是焦屍了，說不定……」

跟我們現在一樣，只是當年那群人經歷得更慘，所有厲鬼是在鬼屋裡進行屠殺的嗎？

「所以現在是說……我們今天發生的事，跟二十二年前一樣嗎？這種模式，聽起來有點像是……」玉舒爲難的咬著唇，「什麼儀式……」

「哇咧……還眞有點像！」易偉倒抽一口氣，「該不會是什麼獻祭儀式吧？」

我的天哪！我一直沒想到那邊去，我想的是可能二十二年前在鬼屋被燒死的人不甘心還是怎樣……啊啊！這件事眞的越想越扯。

「那我們升級了？從食物變祭品嗎？」老弟還有空打嘴炮！

我推著易偉往前走，我們穿過一些房間，牆上都是陰森詭異的面具，燈光昏暗不明，易偉踩到某個東西時，旁邊還噴出一堆乾冰，嚇得玉舒失聲尖叫。

這些之前在宣傳時都看過，網站有以第一視角參觀的影片，我比較怕的是那些鑲在牆上的假娃娃或鬼怪等等突然動起來，那就麻煩了。

我黏著易偉背後趕緊離開房間，順著路我們準備前往指引方向的另一間時，我聞到了某種氣味！回過身，舉手示意大家別動別說話，轉過身去嗅聞著。

「香的味道！」老弟彈指，我們客廳就有神桌，聞得可習慣了。

但是我們剛從娃娃房間走出後，右邊是死路，左邊才是走廊，但氣味眞的是從右邊傳出來的！老弟沒有猶豫的直接抽刀，在牆壁邊緣扳了下，果然出現了縫隙。

「場景都是木板搭的，應該很好處理……這也是當年火災會一發不可收拾的原因吧！」易偉主動從我面前經過，到老弟身邊幫忙。

死路的牆輕易能打開，就是片夾心木板而已，他們兩個動作很輕，就怕會發出太大聲響，推開的木板僅供一人通過時，易偉率先鑽了過去探路。

「沒事，後面也是造景。」他探出頭來，「我們這條像是捷徑。」

老弟喜出望外，伸手拉過玉舒讓她第一個走，我們鑽過去後，當然沒忘記把木板推回去；來到後面就知道，其實許多牆都是活動的，為的是在鬼屋進行時，每一組不會相撞，所以會依照遊客的路線，隨時堵上路、或是打開牆成路，而我們這硬扳開的空間，就是個緩衝區。

大概一坪大小，活動門是在另一邊，而且是滑軌式的。

「從這邊！」易偉指向十一點鐘方向，回到另一條路線的正軌上。

只是當我們走過去時，牆上卻沒有任何裝飾或是造景，連一點假蜘蛛絲或是血跡都沒有……取而代之的，是滿牆的「藝術文字」。

燈光不算極亮，但一點都不昏暗，一點都沒有詭異的感覺，牆上是密密麻麻的文字還是圖騰……我看不懂，倒有點像某些人會把古文以草書寫在牆上當裝飾的感覺。

焚香的味道越來越明顯，而且還有點熱，前方就可以看見牆上透出橘色閃動的光芒，易偉謹慎的走在前頭，走在後方的我們都可以看到等等右邊有一大片地方沒有牆面，火光是從哪邊出來的？

不會是眞的火吧？要眞的放火早就燒起來了，我想著可能只是一些燈光火燄？但是這熱度、這味道，又太熟悉了。

走在最前面的易偉突然止步，他震驚的神情讓人的神經緊繃起來。

他緩緩的往後瞄向我們，滿臉的不可置信。

我趕緊到他身邊，立即感受到熱度迎面而來……這不是什麼燈光效果，而是眞正的火光！

這裡有一個半圓形的大空間，點滿了蠟燭，牆上倒映出的就是這些搖曳的燭火，每幾根蠟燭旁就有香爐，所以滿室都是焚香味；玉舒掩住嘴，驚恐的逼自己不要叫出聲，但還是難以驚恐的喊了聲天哪！

「搞什麼啊……」唐玄霖看向玉舒，「妳會不會說對了？這就是個儀式？」

可不是嘛！

這半圓形的小廣場可不是只有香跟蠟燭，而是有層遞變高的台子，上頭擺滿沒見過的精巧牌位，每個牌位前還有一小罐看起來實在很像骨灰的東西，只是牌位上都是紅色的字體，在火光下方看起來格外怵目驚心…而半圓形廣場中間的桌上，是一整缸塞著新鮮內臟的鼎，我不想去猜那是人的還是動物的，但血腥氣味很重！

「這是什麼祭典嗎？」易偉忍著血腥味，有點兒想吐的衝動。

「我下去看看，你們都待在這裡別動！」我調整呼吸跟心態，往四周都先瞄一圈。

很好，這間所有牆面都寫滿了看不懂的文字，我開始覺得可以稱它們爲祭文或咒語了，中間這祭壇是個類似同心圓的設計，有高有低，像個展覽館，至少中間是可以步行的地方，一圈又一圈。

「老姐，我陪妳。」老弟把玉舒朝易偉那邊一推，「偉哥，麻煩看顧一下。」

「不是，我……」

「別爭，我跟老姐有經驗。」老弟推了易偉向後，我朝他點點頭，便走下去。

內臟發出的腥臭味有點噁心，但那些「牌位」更噁爛，看起來是用紅色墨汁寫的……我希望是墨汁而不是什麼奇怪的東西，但牌位中間都被某樣不知名的東西穿過、束縛，沒有什麼駭人的物品，卻令人看了感到渾身不舒服。

穿過牌位的那個東西，很像是頭髮。

「這簡直像祠堂，有沒有？有的大戶人家就是把所有家族的人都放在一個大祠堂裡，清明掃墓時就去拜一拜。」

「不要再跟我提、清、明、掃、墓！」我想到就不爽！「可是這裡每個人都不同姓啊，哇靠！有編號耶！你看牌位卡著的地方。」

牌位與那一罐小東西的中間，有著燙金字體，講究的標上數字。

老弟突然像是想到什麼一樣，開始在半圓走道中移動，來來去去，像是在找著什麼；而我仔細聽著外頭的聲音，我們其實還在一樓，古堡上面的高聳造型外牆，一直有什麼東西在抓撓的聲音，是有什麼爬上去了嗎？天哪！

「九十八，最後一個牌子。」老弟站在我背後，這半圓形祭壇的另一端，指著他跟前的牌位。

我走過去，在那個九十八的牌位旁，還有兩個空白的牌位，但是下面分別是九十九與一百。

我瞬間與老弟對視，二十二年前的鬼屋火災，死亡人數……

「那個鬼屋火災是不是死了九十八人？」上頭的易偉遲疑的發出疑問。

我轉過去露出笑容，「不錯耶，有做功課！」

「厚！都是妳說得跟眞的一樣，我才去找了一下新聞好嗎！我記得入場人數一百，最後有兩個倖存者！」易偉沒好氣的吵著嘴角，我倒挺開心的，他嘴上說不信我，但該查的還是去查了吧！

一旁的玉舒絞著雙手，「所以，應該要有一百的意思嗎？要用這次補齊？這就是、獻祭儀式？」

「要兩個，卻要整個遊樂園的遊客陪葬也太虐了吧？」我簡直不敢相信，這是寧可錯殺一百、不可放過一人的眞實版嗎？

一旁的老弟剛剛開始就沉默，他隻手擱在下巴，看上去在沉思，我們兩個中，向來是他腦子比較好，我才不會打擾他！我轉身朝易偉那邊走去，懶得走樓梯，朝他撒嬌的伸手，由他把我拉上那五十公分的落差高台。

玉舒困惑的看著老弟，我伸手比個噓，先別吵他。

我拿出手機拍下眼前的「祠堂」後，有件事梗在我心裡，這麼大陣仗的東西擺在這裡，難道不會有遊客誤闖嗎？還有這面牆的文字又是什麼東西？

「我去去就來。」我拍拍易偉，開始找別的通道。

「幹什麼？」易偉即刻拉住我，「我是妳男友，現在我在妳旁邊，不必這麼自立自強好嗎？」

「奇怪了，我自立自強跟我有沒有男友沒關係啊！」我挑高了眉，鄭重的拍拍他的肩，「吳易偉，不是我要說，你是有在健身，但論敏捷度絕對沒我好，經驗值也沒我高。」

易偉明顯的擺出不爽的姿態，「什麼經驗值？」

「撞鬼。」我挑了挑眉，他秒慫，無法反駁了吧！「我不會有事，就附近走走而已……」

我就走正經的路徑，我們剛剛從「祠堂」的左方過來，路是順著的，所以我往右邊順著路走一定能接到別的區塊，鬼屋嘛，看起來很多路，但事實上每一組都有固定路徑的。

我放輕腳步的往前走去，我不是膽子大，而是亡靈惡鬼出場的話，一般都很聲勢浩大，而且我們離員工休息區也不遠，到現在沒聽見慘叫聲，表示這鬼屋裡眞的暫時風平浪靜。

退一萬步來說，如果剛剛那個「祠堂」是祭壇的話，這裡就會是最不可能被攻擊的地方了！我快速走出去，果然看起來又是另一個房間與過道，映入眼簾的景象眞是一點兒都不令人意外——我看到的就只有木板，這邊連上漆都懶了，沒有裝飾，沒有什麼鬼屋造景，就只是木板。

我拿起手機現場錄影，我剛就是在想這件事，兩天前開幕就沒有鬼屋這個遊樂設施，用一堆噱頭把鬼屋開啓日訂在今天十一點，結果十點一到就血肉横飛了，拿十張VIP都進不了。

遊樂園根本沒打算開放這個鬼屋！

我走回「祠堂」時，老弟也已經爬上來了，他正在拍照錄影，眼尾瞥見我走近，「怎麼樣？」

「連上個漆都懶，只是幾塊木板卡在那裡，只有前面讓記者跟網紅拍攝體驗的地方有模有樣。」我把手機扔給易偉，玉舒跟他即刻湊上前。

「我也猜到，遊樂園從頭到尾就沒打算開放鬼屋，他只是把宣傳做大，吸引人進來而已。」老弟嘆了口氣，神情不太好看，「抽獎模式跟當年一樣，現在還更方便，就我們這些傻子，抽得這麼開心。」

「那為什麼要騙我們來這裡？」玉舒燃起了點怒火，「所以不管是誰，就是百分之百的中獎機會，要懲罰我們還是——」

唐玄霖趕緊過去安撫，大膽的拉過她，「沒事沒事！應該不至於百分之百吧？」

他是問向易偉的，易偉一怔，他哪知道？

「我沒中啊！我同學也沒中。」我趕緊解釋，「中獎率眞的百分之百會被譙的，我想是隨機吧，有多少人算多少。」

「不可能，不就差兩個嗎？至少他們要的那兩個人一定進了遊樂園。」老弟斷然反駁，「當年兩個倖存者，我記得有一個男的肺部受傷嚴重住加護病房，後來本來要接受訪問，但沒兩天就併發症過世了，而另一個女性倖存者從頭到尾都沒出現，總之就是說鬼屋起火，她也不知道火從哪裡起來的，滅火器沒用、緊急出口打不開、燈又全暗，她是幸運才找到出口的。」

「咦？所以是死九十九人？」易偉聽出了問題。

「這就是我剛質疑的原因，是不是一定要在鬼屋裡死，才算數？因爲有一個是在醫院裡死亡的。」老弟接著說，「如果這是個儀式，旁邊是咒文，鬼屋是祭壇，當年就是沒有完成，今年萬聖節必須補上。」

聽起來好扯，但是邪教這種東西誰都不能保證不存在，就跟我也沒想過掃個墓眞的會有牧童遙指杏花村大酒店是一樣的道理……我現在包容心非常的寬～大～

在老弟懷裡瑟瑟顫抖的玉舒搖著頭，「但如果是這樣的話……鬼屋爲什麼沒完成？他應該要、要再一次把要的人送進鬼屋裡啊！」

「因爲現在的鬼屋位置，跟當年不一樣吧！」易偉搖搖手指，「當年的鬼屋是在遊樂園的中心位置，但是現在這個是靠門口旁邊對吧？」

中心位置，我瞪大雙眼看著易偉，我從來沒去查當年鬼屋位在哪裡咧！

「我沒查啊，不過是在中心嗎？」老弟神色更凝重了，「這樣更合理了啊，用鬼屋吸引人來，鬼屋根本不必開放，就只要剩下那兩個人到齊就好了。」

「一個已經死了，另一個都幾歲了，最好還會來遊樂園玩……這個就算有免費門票也不一定會來吧？」我覺得這點不合理，但如果對方已經結婚生子，說不定是會帶孩子玩……二十二年了耶！

「可是前提是要上網抽籤，孩子才不會tag爸媽的！」易偉說得中肯，這太難了。

老弟此時，突然做了一個深呼吸，又一個，最後重重的嘆了氣。

「你幹嘛？天哪！你不要那個臉！」我別過頭去，「你只要那個樣子，就是沒好事！」

「又不是我的錯！我只是想到一個可能性而已！」老弟嚷嚷著，我雙手掩耳，不想聽不想聽！

易偉抓住我的手扯下，「唉！都什麼時候了！你快說啊，任何線索都可能讓我們逃出去！」

「老媽一直在唸這個遊樂園記得嗎？叫我們不要去，說這邊很糟糕？」老弟緊皺著眉。

「嗄？老媽？」我怔住，這有啥關聯？「她這次是很奇怪啦，但又怎樣？」

「更小的時候，老媽是不是嚴禁我們玩火，因爲火很可怕！她說過，火場裡非常燙，濃煙密佈，什麼都看不見又不能呼吸！我問她爲什麼知道？她說因爲她曾經是一場火災的倖存者。」老弟試探性的問我，我只能搖搖頭。

我不是沒在聽，但就是……沒往心裡去。

「我不太有印象，但好像真的有這麼說過……所以？我們每天都有火災啊，你怎麼會斷定跟這個有關係？」

「因爲老媽有一次說過，火其實還不是最可怕的，是在裡面遇到一些阿撒布嚕的東西！」老弟嚴肅的看著我，「妳怎麼就不記得了呢？還是妳問她說什麼叫阿撒布嚕！」

「媽咪，阿撒布嚕是什麼啊？」

「唉，就是一些從地獄爬上來的鬼啊……在假的鬼屋裡、想拖著我們一起下地獄的眞鬼啊！」

咦？

女人不快的瞪著手機，眉頭越皺越緊，才扔上桌又拾起，在上面傳送幾句話後，即刻又撥打過去。

「沒接沒接，這兩個小子是玩瘋了嗎？」

「怎麼了？」男人切好一盤水果，從廚房裡步出，「妳一整晚都心浮氣躁的？」

「那兩個小子說要去玩，有說要去哪裡嗎？」媽媽抬頭問著。

「說是約會啊，小羽跟阿偉嘛，我們家老二好像也有女朋友了！」老爸笑著搖頭，「連約會都帶著姐姐，這小子還一直說自己多成熟？」

「去、哪、裡？」媽媽瞪著老爸，眞是沒一句重點。

「沒說啊，就說要一起去遊樂園玩吧？好像阿偉在遊樂園打工，想順便去看他。」老爸只記得大概，他們從來沒在管孩子去哪兒的啊。

「遊樂園遊樂園，我就……」老媽眼神瞄向正前方的電視，「可別去那裡啊。」

新聞裡正播報兩天前盛大開幕的期間限定萬聖鬼城遊樂園，記者們採訪得興奮莫名，整個樂園眞的造景精細，小到路燈、大到設施都符合萬聖節的氛圍，這會兒記者還在採訪身後幾個化裝成鬼怪的工作人員。

「這間好紅啊，我看廣告好久了……會去這裡嗎？就十天的遊樂園，怎麼回本？」男人重點跟老婆應該完全不在同一條線上，「他倆喜歡遊樂園也不是一天兩天的事了，記得嗎？小羽小時候就愛坐雲霄飛車！」

「去遊樂園沒問題，就不能去這個！」媽媽氣得撥起電話了，「我之前有交代過，但我就怕那兩個小子當耳邊風！」

老公凝重的看著新聞，再看看老婆，他是真的不懂爲什麼老婆這麼介意這個遊樂園？

「是太貴嗎？妳從來不會反對他們去玩這些啊？」老爸問著。

手機依舊是響了沒人接，媽媽已經從社群打到實際號碼，一樣都是有通沒人接，最後轉進語音信箱。

「那裡，你記得嗎？我跟你提過的，星月遊樂園？」媽媽指向電視，「之前出過事的那個遊樂園啊！」

老公愣愣的看著電視許久，才恍然大悟的哦了聲，「啊啊！對對對，就鬼屋失火那個！」

媽媽站了起來，「不行，我來問問他們同學，這兩個是不是去那裡了！」

「唉，去那邊也還好吧？不就十天限定樂園，而且都已經開幕兩天了，也沒出什麼事啊？」男人緊張的跟在身後，「妳這樣神經兮兮，孩子也會不安吧？」

「我神經兮兮？我？就是人多才糟糕啊！」女人氣急敗壞的回頭嚷嚷著，「你忘了嗎？二十二年前出事的那晚，就是萬聖節啊！」

老公微怔，然後勉強的喔了聲，後面四個字「那又怎樣」，他沒說。

「妳不要想太多，當時是消防設備不好，而且法律也還沒制定完全，所以才會出事。」男人趕緊安撫著妻子，「現在情況不同了，該有的消防設備會弄好的，而且……唉！」

「我就是覺得不對勁！」妻子凝重的緊緊握著手機，「選在那個地方重開遊樂園就是有問題了，這兩個死小孩……」

「唉唉，也不一定會出事啊！當年就是個意外……」

「我不覺得是意外。」媽媽打斷了老公的話，嚴謹的看著他，「太多奇怪的地方了，消防設備從來就不是問題的癥結點。」

「媽媽……」

「你不要忘了，我在裡面。」女人望著老公，「我可是當年唯一的倖存者咧！」

那是很久很久以前的事了，但後來老媽都很少再提火災的事，一是我們大了不會亂玩火，但她眞的沒再提過；老弟記憶力超強，這麼一提我就想起來了，那還是臨睡前的床邊故事，老媽都會順便恐嚇我們說，亂玩火就會被拖進地獄裡。

「這個聯想有點扯，有時候只是媽媽想嚇人。」易偉提出中肯的見解。

「不不不……你知道我家的，老爸老媽從來不管我跟唐玄霖出去哪裡野，但這次老媽眞的對這間遊樂園很有意見，這很反常。」我開始來回踱步，瞪著那空白的牌位，心裡一陣慌。

要是眞的跟老媽有關，那……老弟的中獎，會不會不是偶然？

「所以，要找血緣關係的人嗎？這樣就眞的更像獻祭了！」玉舒緊張的嚷了起來，「二十二年前逃走了兩個，二十二年後補上，你們還剛好是姐弟！」

「噢，別嚇人了！」老弟焦急的看向玉舒，「妳電影看太多了，別忘了老姐沒抽到籤。」

對啊，我沒中獎，但是……我伸手朝頸間一摸，忍不住打了個寒顫。

我一樣有免費券。

我轉過去，看向了易偉。

「幹什麼？怎麼這麼看我……別鬧了，大家都有帶親友進來啊！」易偉緊張的辯解，「妳不會認爲我是一夥的吧？」

「偉哥，你這份工作怎麼來的？」老弟扳過他的身子。

「同、同學介紹……不是，室友說他朋友在找人……因爲他朋友的朋友是這間遊樂園的人，短短十天時薪很高，先找認識負責的進去。」易偉越說越心虛，「我們沒有經過正式的面試就進來了！」

室友的朋友的朋友，這關係還眞遠，我心頭一涼，全身上下像被螞蟻爬滿似的令人崩潰。

「啊啊啊——」我氣急敗壞的跳下祠堂，把那堆牌位全部掃掉！

眞的是夠了！

「讓她去。」老弟在上頭拉住易偉，他當然知道我需要發洩。

我東掃西掃，反正把現場破壞得亂七八糟也不足以消我心頭之怒，外面依舊有一堆鬼在等著享受大餐，或是濫殺取樂，而我們只能坐困愁城。

「好！想求生。」我冷靜下來，仰頭看著老弟。

「當年鬼屋在遊樂園中心，所以那邊應該還是主要的地方……只是我不記得中心現在有些什麼。」老弟有點懊惱，「我們今天也沒走完一圈遊樂園，但是眞的要論中心位置的話……」

沙，一張紙突然遞到老弟面前，玉舒拿著折疊整整齊齊的入園地圖。

「……」老弟一秒綻開笑顏，用力抱住她，「玉舒，妳太好了！」

「哎呀！」玉舒嚇了一跳，在這種氛圍下還能害羞，也是種幸福吧！

她難掩嘴角笑容，將地圖遞給老弟，老弟飛快的打開來看，園區全景圖，正中間是——空地。

「居然什麼都沒有？」易偉很吃驚，「啊！這是主要道路，路都很寬很大記得嗎？往這裡是摩天輪、這邊是小吃攤集中區……」

易偉一個個講解著，他對遊樂園的地理環境知之甚詳，所謂的中心點，眞的什麼建物都沒有。

「我眞不信。」截至目前爲止的排場，絕對有問題！

「十字路口正中央，應該有些什麼。」老弟看向玉舒，「如果妳也剛好有筆的話……」

玉舒打開斜背包，一秒內準確的拿出一枝筆放進老弟手心裡，兩個人都禁不住笑了。

「哇喔！那可以問問看有吃的嗎？」易偉跟著打趣起來。

我二話不說把沒離身的南瓜桶塞給他，留著糖都是爲了補充體力用的！

「妳一直不丟就爲了這個？」易偉打趣的問。

「賺錢很辛苦，你知道這一桶多少錢？」

「我習慣帶筆，也習慣拿圖，同學一般都說這種沒必要，最後也是廢紙回收，但其實我都會收集起來。」玉舒兩頰略紅，「想不到能派上用場嘛！」

「用處可大了！謝謝！」老弟誠懇的說著，兩眼離不開她。

咳！我清了清喉嚨，不是故意要破壞氣氛，只是現在真的不是兩小無猜的時候，如果我們能活著出去，他們愛看多久就看多久好嗎！

老弟在地圖上做記號，東畫西畫，他鐵定有他的想法，我們負責補充熱量就好，我這姐姐很稱職的，也沒忘一邊餵他吃爆米花，這種親密餵食，他跟玉舒還沒到那地步，會不好意思。

沙沙……外頭傳來了磨擦聲，我們立刻警戒起來，這聲音是外牆傳出來的，這種粗製濫造又不打算開放的鬼屋，絕對都只是隨便搭個外形而已，薄薄的木板隔音自然超差。

我們正前方高約兩公尺的地方有扇窗戶，現在看出去當然是漆黑深夜，但是有東西正由下往上爬，我讓老弟趕緊把東西收好，狀況不對時，要做好隨時落跑的準備！

喀，沙沙，嚓，喀，沙沙，嚓。

啪的一隻小手，攀住了窗緣，一張腐敗的小臉蛋直接露了出來。

「找到了！」孩子咧嘴而笑，「Trick or Treat?」

「Tri你媽的！」我氣得大吼，易偉拉了我就往外奔去。

隱約聽見剛剛的員工休息室門外也傳來敲門聲，尖叫聲跟著四起，躲在員工休息室的人紛紛逃竄，我們只聽得見足音跟尖叫聲，還有外頭不斷的拆牆聲，但這種情況，人人自危，只求自保。

一路順著逃生門的方向跑，但沒走兩步，我驟然拉住了易偉。

「沒要開放的鬼屋，要這些逃生燈做什麼？」我看著那綠色的燈就毛骨悚然，「這些燈裝得也太齊了。」

「咦？」易偉抬頭，眼前的燈指向著右方的路，他也遲疑了。

「偉哥知道其他通路嗎？」

「我只知道那個員工門跟正門而已……出口的話……」易偉認眞的思索一下，「出口其實就在入口的旁邊。」

剛剛霧大，我們什麼都沒瞧見，不過呢，白天來玩時就已經過來探路了，所以我們都有拍照！入口旁邊較爲陰暗，是個對開門，的確看見有人衝出來過。

「我們越跑越裡面了……要去出口應該往左，其實就在剛剛那些牌位的正後方。」玉舒立即指了方向。

老弟有點驚訝看著她，玉舒尷尬的笑笑，眼神卻很肯定。

「妳方向感很好耶！」我忍不住出聲讚美，我們即刻轉向，「但不能從原路出去。」

「應該不會通到原路，既然有一段是讓記者拍攝用的，就會隔開通道！」易偉很快的搶在前頭，他總是這樣，試圖保護大家。

「啊呀！哇——」

慘叫聲如此之近，幾乎一牆之隔，這只是讓我們更加遠離這薄薄木板牆，深怕那些亡者一出手就破牆抓到我們。玉舒的方向感果然一絕，我們順著路朝左去，雖然又遇到幾個岔路，都在玉舒準確的指引下，看到了遠處的出口。

磅磅，聽著牆的那頭似乎有東西被連續不斷的朝牆上砸，血腥味濃厚得令人作嘔，叫聲越來越少，遠遠的還可以聽見「Trick or Treat」的孩子們的尖笑聲。

在易偉要推開門時，我跟老弟同時伸手拉住他，先等等。

我們全蹲在門邊，這道門嚴嚴實實沒有什麼縫，看不見外頭，我們只是想確定……所有的妖魔鬼怪，都進入鬼屋後再說。

低吼聲、咆哮聲、尖叫聲、笑聲與歌聲，充斥在整棟建築裡，可以聽見有人往裡奔跑，也有東西追去，我不敢想像順著逃生路線跑的人會走到哪兒，但我們只能爲其祝禱。

走！推了易偉的背，我們小心的推開門，外頭的霧薄了些，但放眼望去沒有亡者在附近。

「衝出去後往左。」老弟壓低聲音說著。

因爲鬼屋是位在遊樂園的左側，我們得往左才能前往那條主要幹道，就是剛剛有一堆燃火的人邊喊救命邊往前跑的大道。

或許我們可以繞小路過去，但這種狀況不明的情勢，多繞一條路就是多找自己的麻煩！所以易偉爲首，我們一離開出口大門頭也不回的就往目標方向衝，整個遊樂園的燈竟比剛剛亮了許多，所以滿地血腥看得更清晰，空氣中的氣味不知爲何竟已發臭，滿滿的腐爛味飄散其中，逼得人不停乾嘔。

噁……我都快受不了，這氣味太可怕，也爛太快了吧！

繩繩繩的電鋸音傳來，感覺就在那個鐘樓裡，逼近鐘樓時，易偉看見了原本扮裝的工作人員就躺在地上，只剩胸部以上的部分，而他的假電鋸甚至還在他手上。

「嗚……」易偉說過他朋友就是扮成電鋸殺人魔的，我感覺到他步伐停下，趕緊推著他再往前。

但為時已晚，龐然大物一轉身，瞬間看見了我們。

『Happy Halloween！』他高舉著電鋸，拔腿朝我們衝過來。

跑啊！我真的是使勁吃奶的力氣往前狂奔了，老弟也緊追在後……問題是玉舒跑不快，也只能半拖半拉的！

可是，人家扛著電鋸，跑起來卻疾風似的快！

「電影裡的角色為什麼會活生生的出現在這裡？」我忍不住大吼，太扯了啊！「還可以殺人？」

「誰知道這裡是怎麼回事！那些咒文根本看不懂啊！」老弟回吼著，殺人狂離他越來越近了．

結果禍不單行，左方濃霧裡突然跟著殺出一道影子，有個高壯的男人身披斗篷，死神裝扮並扛著巨型鐮刀，甫一衝出就朝著我們狠狠劈下。

哇啊！幸好我們個個靈巧，及時散開拼死命的往前跑，染滿血的鐮刀儘管驚人，但人類求生欲望還可是可以讓每個人都變成短跑冠軍的！

我們越過了下一條橫向馬路，速度飛快，我這才感覺到這是下坡路段，加快了我們……也包括殺人狂的速度，而玉舒卻在這時絆了一跤，直接往前撲倒……還撲在我身上。

「哇啊！」我被這麼一推，跟著往前撞上易偉，然後就是一個保齡球般的連環撞了！

這時候停下來也太要命了吧！我們在黏膩的屍體中滾做一團，顧不著疼的我趕緊想爬起來，但身上壓著玉舒，易偉跌到一旁後倒是疾速起身，防禦般的蹲踞，老弟的刀子也已經抽出了。

電鋸聲依舊發出令人膽寒的聲音，鐮刀在空中揮舞著，但是，就只是響著。一個殺人狂、一個死神，站在離我們不到三十公分的地方，面具依舊戴著，電鋸扛在肩頭，鐮刀握在了手上，明明輕鬆一劈就能劈砍下來，他們卻站在那兒動也不動。

老弟緩緩的把腳縮回了點，因爲我們就摔在橫向馬路上……感覺有一條無形的界，而殺人狂不越界。

「對……這是殺人狂的範圍！就一個區塊而已！」易偉驚呼出聲，「他遵循著工作人員的工作範圍！」

兩位殺人狂停頓兩秒後，竟回身離去！

「那現在這個區塊是什麼？」我打了個寒顫，就算甩掉兩個殺人狂，但這區又是什麼鬼怪呢？

「是……」易偉看得出來慌了，他張望了一會兒，卻突然遲疑了，「好像沒有！對，這裡沒有！沒有排到這麼密，再過去那區才是狼人吸血鬼區，記得嗎？」

噢，記得了！上一條就是喪屍區，我們是從那裡開始遇襲的，不過這不代表我們安全了，我不信會有安全地帶，因爲我的腳邊，就趴著一具屍體。

要糖的孩子們會移動、鬼也會移動，還有更多我們不知道的東西，說不定守著範圍的，只有鐘樓殺人狂這種角色。

「對不起……對不起……」玉舒近乎崩潰的道著歉，站也站不起來。

「沒事，妳只是絆到，路上到處都是……沒關係的！」老弟連聲安慰。

「就算不被屍塊絆到，也會被一堆地板裝飾卡到，我白天就拐好幾次了。」我指向就在腳邊的溝槽，原本是金色的，現在都已經被血染紅了，「小心就好。」

我們四周靜謐無聲，慘叫聲不復出現，是死透了嗎？還是大家都跟我們一樣躲著了？我很懷疑遊樂園敢做這種事，會留任何活口嗎？

「繼續往下吧，下個路口就是正中央了。」易偉指向前方，拉著我們往這條路中間走。

霧只是比較散，但能見度依然不高，太靠近兩旁的話，說不定會有什麼東西衝出來！只是才往前走兩步，易偉就差點踢到屍體，我們不得不繞著走，這區明面上是說沒有值班的角色，但屍體卻一點都不少。

「這裡的血明顯的比其他地方少了些……噢天哪！」老弟才說完，立刻扳過玉舒的頭，「別看！」

我順著他剛看的方向看去，是個身體被啃咬一個大洞的人，這死法有點熟悉。

「內臟比前面少吧？不是全屍，就是那種……像被野獸撕咬的痕跡。」易偉也發現了，他繞過腳邊的一具仰躺的屍體，女孩瞪圓雙眼，臉色慘白，性感低胸的衣服上全是血。

頸子上有撕開的痕跡，但是卻沒有多少血流淌下來。

轟！一團火突然從右邊的空中竄出，他眞的是憑空出現的，男人死白著一張臉，全身燃火，距離我只有一公尺的距離。

「……怎麼才來？快點……」他對著我說，「就等妳了！」

「我才不要。」等誰啊，敬謝不敏。

我們集體退後，但對方沒有上前，而是轉個身，逕自朝著我們要前往的中心方向走去。

「你是在……」老弟居然追上去，「嘿，你剛剛進去鬼屋怎麼樣，好玩嗎？」

老弟！我一口氣差點上不來，他積極什麼？

燃火的人緩緩停下，回頭看了一眼老弟，明顯的皺眉，然後頸子扭得更後方，看的是我。

「為什麼……會有兩個阿嬋？」

咦？我愣在當場，僵硬的看著那個火人正首，再度蹣跚向前走去，『快點跟上……嘻……跟上喔！』

玉舒顫抖著手指向對方後背，我們才看到，在火燄包圍中，那個男人的整個背部的肉都不見，只能瞧見脊椎骨。

火災，最好能燒成那樣！

老弟走了回來，一雙眼瞪著我不放，「妳聽見他剛說什麼了嗎？」

「聽見了，阿嬋。」

易偉嚥了一口口水，「阿嬋是……什麼意思？」

我有點難呼吸，老弟的驚人記憶力看來是八九不離十了，「老媽的名字……就有一個嬋字。」

他催促著我快點去，就等我了……意思就是那空著的牌位嗎？兩個阿嬋，指的就是我跟老弟，有老媽血緣關係的人？

今天這一切，是在等二十二年前生還的老媽？

「哇喔，四個耶！」

我們四周倏地出現了三個人，沒有腳步聲沒有任何前奏，剎地就包圍了我們，連我都叫了出聲！

三個人看起來就是正常人的樣子，遠比正常人要好看很多，都是帥哥美女系的，但是……他們這種現身方式，我才不相信是正常人。

「一人一個，剩下的分食？」長得相當清純的女孩笑著說，冷不防就朝玉舒撲了過來。

我距離最近，一把推開玉舒，手上的甩棍都沒來得及甩開，頸子居然被一把掐住。

「放開她！」易偉才要上前，我卻一秒被鬆開。

「啊……妳是……被做記號的人!!」女人面露驚恐，收手退後，一句話都沒多說，扭頭就跑。

另外兩個男孩有點狐疑，但抓著玉舒的男孩還是鬆開了手，他們謹慎且無聲無息的退後，隱匿於濃霧之間。

「做記號什麼意思？喂——」我忍不住大吼，這種說話方式真令人不爽。易偉由後一把將我拉起，我手上還握著甩棍，剛剛那女人的速度，快到我完全看不到！

「走……先走吧！不到那邊看，我們什麼都不清楚。」易偉拉著我往下跑，這段真的是下坡，坡度並不大，若不是跑起捱，真的很難清楚感受。

地上的屍體多數都是慘白毫無血色的，但有幾具被撕開咬碎的屍體，很像剛剛遇到的狼人，吃相很差的就是肉塊橫飛，鮮血滿地，但也隨著坡度往下流，往下……等等。

「等等喔！」我甩開易偉的手，立刻從背包裡拿出水。

「恩羽！就快到了妳是……」

「掩護我。」我唸著，退後幾步，將瓶子裡的水隨處往地上一倒——水急速流動，匯集到了那灌滿血的金色溝槽中，老弟火速的到我對面，也倒下了水，那邊的水也都往中間的溝槽匯去。

「兩邊高中間低，水會集中在溝槽裡，這裡又是下坡，所以血會一路流動……」我說著，朝著我們的目標看去。

正中央？那個當年鬼屋的地方？

玉舒緊黏在老弟身邊，看著皺眉，「園區裡到處都是這個，只有比較大的路有，而且不只直的，橫向斜向也有。」

「玉舒！」老弟喜出望外，「有妳眞好——」

「我不好，我只是以爲這是什麼造景藝術，多留意了一下，結果連不起來！」玉舒趕緊搖頭，「只標是分區的大路都有這個，連大門那邊都有，卻是圓弧狀的。」

圓弧？老弟突然打了個寒顫。

聽起來好討厭的名詞，圓弧加各種線，爲什麼我腦子裡有要不得的影像？

「你們也眞的很大膽，出來逛大街就算了，被兩撥人追殺了還能在這裡晃？」濃霧中傳來熟悉的聲音與香氣，幾乎他一出現，空氣中的腐臭味就消失了。

老弟回身，金髮男人一轉眼已在他身後，他嚇得伸手防禦，卻在一秒內被擋下，我看得出老弟想掙扎，但是他卻完全動不了，身邊的玉舒躲到他身後，也是恐懼非常。

易偉上前，我阻止。

「你也不是人嗎？」我皺著眉，「這種環境還可以這樣從容的……」

「嗯，我們是客人。」他鬆開老弟的手時，多看了玉舒一眼。

玉舒一凜，縮到老弟背後，但還是偷偷的多瞄了金髮俊男幾眼。

他伸手朝向前方的路比劃，邁開步伐，我也趕緊跟上，易偉顯得不太放心，非得抓著我的手不放。

「他叫德古拉，之前我們在餐廳遇過。」我敷衍的說著，「你能幫我們嗎？」

「我現在就在幫啊。」德古拉說得很輕鬆，「我沒在你們身上做記號，你們早就死好幾遍了。」

脖子！我摸下頸子，老弟也啊了聲，他跟玉舒在餐廳時被摸了，我則是在買爆米花後，那——我拉過易偉。

「不要，我不喜歡他。」德古拉斷然拒絕得乾淨俐落。

「你也是客人，我們也是，爲什麼會有這麼多鬼怪在這裡，甚至連電影裡的角色都能濫殺？」

德古拉回頭朝老弟笑著，「你們是食物，我們是在用餐的，不一樣喔！我們才是客人，這裡頭所有的魍魎魑魅、妖魔鬼怪，都可以隨意殺戮，不會有任何問題。」

「嗄？能這麼無法無天嗎？而且……開這種BUFFET場是什麼意思？」我搞不懂啊！「邪教？祭壇？地上這些血，是不是都流到某個地方？」

「你們猜得差不多，這就是一個召喚咒，需要大量的鮮血奉獻，所求就是今晚不留活口。」德古拉說話時嘴角微勾，老實說，亂好看一把的，「這些溝槽如果用空拍機拍，會看到更完美的圖。」

「好離奇，我快跟不上了。」易偉突然伸手摟了我，讓我與德古拉拉開距離，「那血是不是都流向前面——」

我們說著，十字路口就在前方了。

根本不必問，因爲當我們靠近時，一團接一團的火燄出現，都是二十二年前被燒死的人們。

十字路口的溝槽呈現多紋花樣，從四面八方匯集到中心，中央是個圓，匯積了滿滿的鮮血。

「二十二年前，鬼屋的火災就是獻祭，要的是一百條人命。」老弟喃喃說著，「尚缺兩個，卻不惜殺這麼多人。」

「一百條特定的人命，兩位。」德古拉突地停下腳步，害得我們差點煞車不及，「否則有必要這麼勞師動眾嗎？」

特定的，我喉頭一緊，「我老媽……是倖存者。」

「嗯哼，多剛好，少兩個，你們姐弟剛好補上。」他指指前方，火燄裡的焦屍，紛紛朝著我們招手。

來啊來啊，就等你們了。

「針對我們？因爲我跟老媽的血脈嗎？」老弟不可思議，「我還以爲是老媽的八字合還是什麼……」

「這不是東方那套，與八字無關，絕對走血緣。」德古拉朝前一指，「其他人的血是免費奉送的，畢竟拜拜多準備一點也是沒有錯，但正確的血還是要有。」

「所以如果所有遊客都死了，包括恩羽他們，就、就圓滿了？」易偉簡直不敢相信，「這是什麼年代了？怎麼會有這種事？」

「跟年代有什麼關係！該存在的還是會存在，不然你以爲我是什麼？」德古拉眼神轉冷，瞪向了易偉。

「對不起對不起，他嚇到了，是一時無法理解。」我趕忙擋在易偉面前，「別生他氣！」

德古拉一笑，「我不生他氣，妳要生他氣才是啊！是他把妳帶到這裡來的呢。」

什麼!?我立即回頭看向易偉，他連忙搖手，「胡說什麼啊，我——」

「爲什麼你被找來這邊工作？爲什麼你有免費入場券？早知道你一定會帶她

來啊——」德古拉指向老弟，「你不必看了，你有參加抽獎一定會中，尤其你姐來，你一定也會出現。」

因爲，這個儀式需要的，是百分之百的現身。

我們腦袋一片空白，超現實的事不是沒遇過，但現在突然變成主角，還怪不好意思的。

「可以請問我們該怎麼辦嗎？」老弟最識時務，客氣的呢。

「這很簡單啊，兩條路，被收掉或是阻止！但詳細阻止方式我不知道。」德古拉眞是一本正經講幹話啊！

「好巧喔，我也知道！但問題是……我們才不想被收掉，那要怎麼阻止？」我沒好氣的看著他，「要幫就幫到底啊！」

「嗯哼，我不喜歡他們召喚那傢伙出來，所以才幫你們。但是我不能過多干涉，不然我便會自找麻煩。」他講得很乾脆，突然回頭往濃霧裡望去，「我覺得你們可以的，速度要快喔，滴答滴答，十二點快到了。」

咦？什麼？還有時限？我看著錶，還剩二十分鐘！這種事情是不能提早說一聲嗎？

嘻笑聲跟著傳來，低吼聲與哭鬧同時從其他地方出現，碎步又過分輕快的腳步聲，那群死小孩又來了！

「Trick or Treat、Trick or Treat、Trick or Treat！」

「……我們可以走了吧！」玉舒恐懼的率先往前，我們也跟著邁開步伐。

但問題是，前面像儀式的中心，後面是死小孩，我們哪邊都不想去啊！

「把地上那些血阻斷有用嗎？如果是什麼儀式，就會有陣法或是咒文，抹掉有用嗎？」易偉提出了想法，「中斷一切！」

「我覺得太晚了，而且那些溝槽要怎麼切開？死這麼多人，該流的血都流過去了……就是祭品已到位！」路口在前，我連忙煞車。

現在就是萬事具備，只欠我們兩個東風了。

老弟緊張的回頭看著那些逼近的孩子，他們捧著的籃子裡不乏人頭，用噁心的臉做出他們自以為的天真笑容。

但是，他們卻站成一橫排盯著我們，沒人開口說一句「Trick or Treat」。

「又是什麼界線嗎？」易偉緊張的握住我的手，「妳看他們站成這樣，感覺像是不敢越雷池一步——」

易偉餘音未落，一股拉力瞬間扯我的腳，我整個人真的是騰空飛起摔上地，然後被直直往路口那群亡靈那邊拖去！

「哇！」老弟旋即也一起被往後拖，玉舒的尖叫聲在後頭，而易偉因爲抓著我的手，及時扣住了我們。

「老姐——」老弟嘶喊著，從我左邊飛去，我趕緊伸出腳，讓他抱住我的腿！使勁曲膝，好讓老弟可以抓握，而我的右手被易偉拉住，抬頭往上看，易偉竟抓住了路邊的路燈桿。

「幫忙啊！玉舒！」易偉喊著，玉舒這才驚慌失措的過來。

「我……我能做什麼，我力氣很小……」她試圖抓著易偉的手，但拖著我們的力道非常大，她的確很難做什麼。

「Trick or treat! Smell my feet……」死小孩開始唱萬聖節歌曲了，聽了就令人糟心。

「玉舒！妳去拖唐玄霖！」

「她拉不動我們的！」老弟即刻反駁。

我知道易偉正拼命的想趕緊用手臂勾住路燈，這樣會更省力，但是……我看著那群著火的亡魂，吸力是來自於地面中央，那不屬於人的力量。

「老弟，拖不住的。」我向下睚著老弟。

他看著我，點點頭，三、二、一——我鬆開了易偉的手。

「唐恩羽！」易偉的咆哮聲從上方傳來，我跟老弟簡直像玩驚嚇刺激的免座位雲霄飛車，直接朝著十字路口滑去。

越到靠近才可以看見，原來中心那灌滿血的地方，曾幾何時已經是個漩渦，就盼著把我們吸進去……鏘，刀子戳地的森寒聲音響起，老弟一刀戳上地面，一路發出刺耳的煞車聲，同時把我的身體用力的甩了出去！

我是眞的從那漩渦口上方飛過去的，刻意扭了身子往右，盡量不讓自己全身都曝露在洞口上方，而是摔落在血池的右方！一落地，我即刻扳過老弟就懸在洞口的腳，直接朝旁拖離！

我們一離開直線位置，拉力就驟減了，看來原本以爲可以順著拉力加坡度把我們扯進去吧。

「走啊，我們一起走啊……」還沒喘口氣，無數亡魂朝我們聚攏了，「快點讓我們自由，我不想再待這裡了，放我出去啊啊啊……」

一隻隻手朝我跟老弟伸出來，那九十八個亡魂們自己離世還要拖著我們下水，但是當他們抓住我們手腕上的佛珠或是觸及胸前的護身符時，還是會遭受傷害的慘叫後退。

我不客氣的伸手推開巴著我的一位女性，她瞬間就向後摔進了中央血池裡。

「不不不……哇啊……我——」女人驚恐的大喊著，但血池裡湧現小浪，瞬間將她包頭吞沒。

這像個引子，中央血池裡的血水像是活起來一樣，血水如繩子般開始竄出血池，只要沾到那些靈體，就會變形成大片的覆蓋布似的，包裹住燃火的亡靈，然後輕易的拖進血池裡。

我跟老弟這時毫不猶豫的跳起，遠離了血池邊，步步後退。

「恩羽！」

「別靠近！誰都別靠近！」我大喝著，這不是易偉或玉舒的戰爭。

玉舒哭著看向唐玄霖，他也搖搖頭，她快被恐懼淹沒，卡在原地不知道能怎麼做。

「我……去，我去找可以破壞這些的東西！」她哭喊著，「你等我！」

「什麼……等等！喂！玉舒！」唐玄霖大吼著，但玉舒突然勇氣十足般的，往旁邊的橫向道路奔離，「玉舒！」

我們緊張的看著觀望的死小孩們，他們倒是沒有移動步伐，等我們定神下來時才發現……這附近哪裡只有死小孩啊，就在這十字路口的四周，濃霧中出現了許多亡者厲鬼、喪屍殺人狂，他們彷彿也是被召喚來似的。

我腦袋一片空白，緊抓著老弟的手，我們該怎麼辦啊？我想不到辦法啊！我突然想起老媽，上次我們在工廠裡命懸一線時，老媽拿著一把翻土的鐵鍬就進來救我們了！

可是現在，我們兩個都無能爲力！

「爲什麼還活著？」

濃霧裡傳來說話聲與引擎聲，我跟老弟不可思議的回頭看著，三台遊園車居然如此輕易的自霧中駛來，從鬼怪中穿過，卻沒受到任何攻擊；看著下車的男人，唐玄霖低咒了聲。

「認識的？」我睨了他一眼，這大哥年紀不小了。

「咦？」血池對面的易偉也愣住了，「……經理？」

「什麼經理？他是當年那個星月遊樂園、宣布破產的董事長！」老弟認眞的回憶他的名字，「是林董吧？」

男人看上去七十幾歲，鬢角斑白，相當清瘦，他還穿著正式西裝下車，而開車的中年男子對著易偉頷了首，後座另一個與我們年紀相仿的男生跳下車時，易偉罵了聲髒話。

「你——就是他，他是我室友的朋友！」易偉吼著，「你故意的？」

男孩雙手一攤，聳了聳肩，「誰叫你交了一個不得了的女朋友？」

「好耐操啊，居然到現在還活著！」林董走上前，一臉嚴肅，「麻煩配合一下，二十二年前如果不是你們母親，我也不必到今天還這樣辛苦！」

「說得好像老媽逃命是錯的了！」我冷冷笑著。

「他們根本不該活下來，一切都很完美，不可能有活口的。」林董搖了搖頭，「我完全不知道到底怎麼回事，但是……就讓我足足少了兩個靈魂！所以這次我寧可擴大，多出來的就當見面禮吧。」

「死這麼多人了有缺我們兩個嗎？非得要老媽的血脈？」老弟認眞的問著。

老人端著慈祥笑容，點了點頭。

易偉不敢妄動，但是他指了指他空著的左手腕，手錶的位子……快十二點了嗎？

「快點吧，費了這麼多心血就爲了召喚他出來！」開車的中年男人逕自朝旁邊的人打手勢，「把他們推進去！」

「不必這麼麻煩吧！」老弟突然大吼一聲，右手擎著刀就往自己掌心劃上去。

老弟！我愣愣的看他用最～遠的距離方式，把手上的血朝血池裡滴。

「不就是扯血緣嗎？有DNA就算了吧？要血給你血，犯不著丟我們整個人進去。」

老弟還在說，我上前一把抓住他的手往後扯，順勢接過了末端的刀，也往自己左手臂上招呼，我可以割深一點，用甩的把血甩進那血池裡。

對啊！德古拉剛說了，這是西方的玩意兒，重的是血緣！論起靈魂我們又不等於老媽，要我們沒效啊！

我飄飛在空中的血珠都還來不及落下，血池裡的紅血剎地飛出，抓住我的血落回去。

「該給的都給了，行了吧？」我大步後退，手上的血正涔涔滴落。

刀子不動聲色的傳回給老弟，我自己則默默的摸著腰，確定甩棍的位置。

「扔下去。」中年男子不耐煩的下著令，另一車像凶神惡煞的人立刻上前。

「吳易偉！不要過來！」我大喝一聲，把老弟朝易偉那邊推去，抽起腰間的甩棍，主動衝向了繞過來要抓我的大漢。

體形大向來不是重點，重點永遠在於技巧！

抓住對方粗壯的胳膊，勾住他的腳，他都來不及拽住我就已經失去重心了，我毫不客氣的肘擊他的胸膛，助他一臂之力的推進了血池裡！

「哇啊！」大漢驚恐的腳踩進了血池裡，幾乎是一秒鐘沉下去般的落入！

那下面果然不是地面！但我沒來得及深究，再立刻壓地掃腿，使勁的把人往血池上送，反正他們只要一碰到血池，就會被迅速拖了下去。

「一分鐘！」易偉突然大喊，現場的人們愣住。

「你是在提醒我還是提醒他們啊？」我氣急敗壞地吼著，雙拳難敵四手的被由後揪住了身子。

老弟剛甩開兩個人，衝過來朝著箝住我的人就是後背一刀，再用刀上的繩子勒住他的頸子，往血池那邊甩去！

我們兩個得分開就是爲了好相互搭配。

「Trick or Treat！」「Trick or Treat！」孩子們興奮的叫了起來，「你要哪一個啊？」

「這是怎麼回事？不就兩個大學生？」老人激動喊著。

「他們有在練跆拳還是什麼……我以爲不成大礙啊！」這急得中年男子都主動上前了，「把她推下去，快點！」

距離夠近了！我剎地拋開甩棍，不客氣的朝眾人臉上揮去，只要失去重心的，我全往血池裡推！

「妳——」中年男子居然反手抓住我的衣服，他腳跟就卡在血池邊緣，全靠著我保持平衡。

我趕緊努力往後仰，否則一起被拖下去的就是我！老弟在後面也被人扣住，我只要一鬆力，就可以讓這傢伙失去平衡，但是我可能也會一起被拖下去！

不管！我鬆了力量，中年男子即刻腳滑陷入血池，我趕緊想掰開他的手……掰……掰不開！

「哇——」我全然失去了重心，在男子被拖下去後，我也一起掉進去了。

「老姐！」老弟在後面嘶吼著，我不知道他那時已經彎曲被架住，下一個被扔進去的就是他了！

我被扯了進去！這眞的是沒有底的洞，冰冷的血瞬間包圍住，男人緊緊抓著我，他在沉下去後略鬆了手，而我死命抓著血池的邊緣，強大的拉力卻拽著我往下！

不要！不要——

「喝啊！」易偉的聲音傳來，我拼命的仰頭，但是那血像有生命一樣，開始順著我的頸子往上爬……

爬？沒有！血池裡的血一碰到我的頸子，就疾速後退，只停在了我的肩頸處——啊啊！這是因爲德古拉做的記號嗎？還來不及思考，易偉已經來到我面前，一把抓住了我的手，直接把我往上拖。

「易偉！」我趕緊抱住他，任他環著我的腰，這樣就能更快的……

剎！一切快到我無法想像，我整個人再度被拖了進去，也包括我一直抱著的、想求救的易偉。

沉入血池中的感受不是想像中的溺水，我能看得一清二楚，拉著我的腳不是剛剛那個中年男人，而是二十二年前那九十八個人的亡魂，他們一個拉著一個，爭先恐後的抓著我。

仰起頭，就能看見易偉跟著我被拽入，我飛快的鬆開手想推他上去，但是他卻選擇扣著我的身體往下，試圖去踹開那些扯著我的人。

我們像在血裡游著，又像漂浮著，我把手上的佛像脫下來塞進他手裡，接著上方老弟的臉突然出現，他正被壓著頭往血水裡壓！

易偉拿著護身符朝我腳部繫去，切實的讓腳下的力量鬆開，我趁機往上，老弟也伸長手，我則藉力使力把他推回去。

噹——鐘響響起了，十二點！

「哈！」我重新竄出了血池，緊緊抓住邊緣。

而洞口處，老林董與年輕男孩正俯身看著我們，一臉驚恐！

我毫不遲疑的伸手抓住年輕男孩的褲管，下方同時傳來易偉推我上來的力量，一骨碌爬上去，而他被我這樣一扯，即刻屁股著地的滑倒，我趕緊順勢把他往血池裡推。

「爺爺！爺爺——噗——」男孩沒喊兩聲就掉下去了，我緊張的看著血池，易偉呢？

噹——噹——

「下去！」我脊椎突遭重疾，老人家一拐杖朝我背上招呼，「快點把她推下去啊，時間到了！」

馬的！我抓住拐杖反手拽過，老弟正撞開一個大漢，筆直朝林堇這邊來。

「你以爲，二十二年前爲什麼會失敗啊？好歹我們是老媽的孩子好嗎？」

「這麼喜歡，你不會自己下去喔！幹！」老弟忍無可忍，伸手一揪住林堇的領帶，就朝血池裡拉去了。

「不——不，我是——」

下去吧你！我壓下林堇的身體，這是他精心打造的儀式，自己要觀摩一下啊！接著我深吸了一口氣，上身潛入，易偉呢？

「Treat……是 Treat!」小孩子的聲音變得好近，但我只顧著血池裡的激烈戰況。

亡靈們爭先恐後的想往上爬，他們一個攀一個，老人體弱的早早被沉了下去，易偉就在我伸手可及的地方，但他的下方纏了太多的亡者了，他們扭曲著吶喊著，都想要逃出生天！

你們已經死了吧！我多想大吼時，聽見鐘聲響了最後一聲——噹。

然後，在我看不見的血池底部，開始緩緩冒出……某個形體……不不不！我伸長雙手，抓住易偉使勁往上拖，我的下半身正被老弟抓著，我百分之百的信任他！

「呀——」下方的亡靈們疾速的一個個被拽下去，像是被吞噬一般，有東西要上來了吧！

易偉！你使勁啊！我焦急的咬著牙，終於從手抓到了他的手臂，下方扯著他的力量漸鬆，但是那個東西也衝上來了！

我不想看那是什麼，我只想看著易偉，我的男友，我的——強大的力道將我整個人、連同易偉拉了出來，至少他浮出血池了。

「老姐！」唐玄霖上前幫忙抓住易偉的身體，趕緊往上拖。

又是熟悉的香氣，德古拉伸手一抓，輕鬆的把易偉抓上岸。

沒有嗆水、沒有難以呼吸，易偉昏過去，而我只是疲累得上氣不接下氣，然後看著那群死小孩就站在血池的另一面。

「Trick or Treat？」小孩笑著，「是Treat喔！姐姐！Happy Halloween！」

語畢，他們跳進了血池裡，一個接著一個……我手腳併用的抓著昏過去的易偉後退，老弟也一樣往後躲藏，殘餘的大漢們跪在地上，整個人都趴著的喃喃唸著鬼才聽得懂的咒文。

電鋸殺人狂與鐮刀死神都來了，血池在不知不覺間緩緩擴大，電鋸傳來繩繩繩的聲響後，殺人狂們也跳了進去……而德古拉卻站在原地，回頭睨了我們一眼，漂亮修長的手指一揮，像是在說，還不快滾。

滾！滾！我們立刻馬上滾！

我們吃力的站起來，把易偉扛上遊園車，老弟趕緊開著車往血池的反方向走。

這樣就結束了嗎？我不懂……我回頭看著十字路口漸漸擴大的血池，看著驚恐慘叫的亡靈厲鬼們，他們像是不可控的被那血池吸走；但是，像狼人或是吸血鬼、木乃伊這些妖怪，卻只是站在原地，冷冷的看著這一切。

我不懂，我不懂！

「玉舒沒有回來！」老弟痛苦的大吼著，「她沒有回來！啊啊啊啊！」

「十二點了，我們還在這裡……」我渾身發抖，「儀式算失敗了嗎？」

車子陡然停住，那是急煞般的衝動，我整個人往前撞上前座椅子。

「不是我！」老弟緊張的踩著油門，但是卻無動於衷。

我們對視了一眼，然後車子就疾速的往後滑下去了！

「哇啊啊啊啊！」我轉過身，抱住了依舊未醒的易偉，老弟試圖轉動方向盤，卻根本毫無效果。

而那個血池，已經擴大到整個十字路口了！

終究是來不及了嗎？

老媽——老爸——

咚。

「能要一把嗎？」

「呀——」

我嚇得跳起來，尖叫聲中，南瓜桶裡尖出來的爆米花震了一地。

驚魂未定的我心跳超快，看著站在我身邊的金髮男人，渾身都在冒冷汗……四周所有人都在看我，我緊張的左顧右盼……眼前唯有歡樂的氣氛，剛剛才離開的小孩要糖群，喪屍們依然在路上嚇路人，我甚至還看得見老弟跟玉舒在不遠處。

而德古拉，站在我身邊，跟我要糖。

現在幾點？我緊張的看向手錶，十點五十五分。

「要把爆米花而已，不必要那麼緊張吧？」他笑了起來，主動逼近我一步。

「你——等等！」我腦子太亂了！這是怎麼回事？

我剛剛就這一秒產生了這麼多幻覺嗎？總不會是做夢吧，一秒做這種完整的夢未免也太刺激了！我看著德古拉，全身被汗浸濕，伸手要抓一把給他……這個動作，我好像做過了。

德古拉接過了整把爆米花，用迷死人的神情衝著我笑，但我腦袋一片混沌，完全無法思考！看向遠處的老弟，他正激動的擁住玉舒，有種久別重逢的欣喜若狂。

「她不適合妳弟，說什麼要去救你們，轉身卻求我帶她走。」德古拉說得雲淡風輕，「不過味道還不錯啦！」

我難受的倒抽一口氣，「……這是怎麼回事？剛剛這裡明明……」

「老姐！」老弟朝著我衝來，拼命的揮手，而德古拉選擇優雅的轉身。

「德古拉！剛剛那一切到底是什麼？」我趕緊喊住他。

「難得有重來的機會，好好把握時間吧！」

什麼？他就這麼自在走離，而老弟已帶著玉舒奔到我面前！

「老姐！」他突然抱住了我，眞的是撲上來的！

我正首回神，看著他以及在旁邊哭泣的玉舒，事情該不會就是我想的那樣吧！

「你們該不會跟我做一樣的夢吧？十一點鐘聲響後，整座樂園變成人間地獄，一堆鬼怪到處吃人殺人……」

老弟跟玉舒點頭如搗蒜。

「時光倒流了嗎？」我趕緊拿出手機，還沒來得及看時間，來電的就是易偉！「喂，易偉！你在哪裡？」

「……我的天哪！恩羽妳沒事？妳沒事嗎？」

「我沒事，我在鐘樓旁的喪屍街這裡……我去找你，你不是在工作嗎？」我話還沒說完，就看見鐘樓方向那兒衝來活生生的易偉。

我沒有喜極而泣，也沒有太激動，我覺得這一切都太怪了，還無法接受！

易偉上前也將我抱個滿懷，語無倫次的說自己在血水裡失去意識，然後突然間就在遊樂園裡了。

「看起來……只有我們記得？」玉舒看著周遭一片和平景象，若有所思。

「只有我們幾個活到最後嗎？」老弟與玉舒的手已然牽起，「妳後來是去哪裡？發生什麼事了？」

「我……我覺得鬼屋裡那個祭壇說不定才是關鍵，不然沒必要在那邊設牌位，我想去燒了那邊，就能毀掉儀式。」玉舒說得很小聲，「不過我……後面忘了。」

我悄悄瞄了她一眼，腦海裡浮現德古拉剛剛說的話：她轉頭一遇見我，就哭著求我帶她離開了。

「喂，你跑錯棚囉！」有個巨型怪物走到易偉身邊低喃著。

「我只過來一下下！」易偉看著我的眼裡滿是憐惜，「妳沒事就好，大家沒事……晚點聊，我先回去工作！」

「還工作啊？不閃人嗎？」我輕推了他，「應該立刻離職吧？」

「嗄？可是……我們回來了？現在沒事了？」易偉竟顯得有點爲難，「如果一切都不會發生，我這樣跑掉好像有點不太負責？」

我笑容都僵硬了，命都快沒了，還在談負責？

「偉哥說得也沒錯，如果儀式失敗，時間回到十一點前，什麼事都沒發生的話……他這樣臨時落跑還挺糟的。」老弟居然站在易偉那邊。

「現在是確定事情不會再發生一次嗎？」我挑高了眉，我當然是不希望啦，可是……

看著四周一片歌舞昇平，看來大家真的都沒記憶，我們一起走向鐘樓，突然喀噠一聲，鐘聲響起。

我抑不住全身的顫抖，手伸向了老弟，老弟同時也握上，我們姐弟緊緊握著彼此，一顆心狂跳著聽著鐘聲結束，然後同時回首，看向身後路的盡頭。

想看濃霧是否昇起，另一組輕快的死小孩們是不是會跑過來，衝著我們喊「Trick or Treat！」

五分鐘過去，我們跟雕像似的站了五分鐘，什麼事都沒發生……也不能說都沒事，遊樂園的廣播此時響起了。

「很抱歉，由於鬼屋設置不及，因此今天暫停開放。很抱歉，由於鬼屋設置不及，因此今天暫停開放。」

「咦？什麼？」

「太誇張了吧！我們是抽獎來的耶！」

我們交換著眼神，完全沒有設計的鬼屋，怎麼可能拿出來應付遊客呢？所以時間眞的倒回了！

「你說，你經理或是負責人也跟我們一樣，活著並有一樣的記憶嗎？」我挽著易偉的手問。

「我不知道，但我等等就會聯繫看看。」易偉也顯得有點凝重，逝去的人都依然在遊樂園裡玩，但被血池吞噬的呢？

「我說實話，我很高興一切都沒發生，但我對於這樣的時光倒流！心慌。」老弟誠實以告，跟我的想法一模一樣。

「爲什麼？」玉舒不解，「這樣不是很好嗎？沒有人會死，不會那麼可怕……」

「就是不踏實。樂觀一點想，就是我們好像贏了。」我挑眉看向老弟，「那些死孩子說了，我們獲得的是Treat。」

「唉，不管，我再也不想過萬聖節了！」老弟雙手高舉的吶喊，「噢不，清明、中元、萬聖，我全都不想過了！」

我忍不住笑了起來，同感同感，「我一秒鐘都不想再待在這裡了，我們走吧！」

「我下班後就去找你們！」易偉拉拉我的手，像撒嬌似的。

「好啦！但……小心一點。」我還是很惶恐，上前與易偉擁抱。

他依依不捨的跟我道別，衝回自己的工作崗位，雖然有點死腦筋，但我好高興一切都沒發生過！

祭品要的是我跟老弟，但我們好端端的在這裡，甚至在鐘聲響完前就離開了血池，儀式大概就算失敗了吧？

正因爲失敗，我們才得以回到原本的時光嗎？

「如果這間遊樂園的負責人還活著，他會再幹一次一樣的事的。」我挨在老弟身邊，「結果到現在我也不知道他想召喚什麼。」

「我一點兒都不想知道。」老弟伸出左手跟我要東西，「爆米花。」

「喏……」我把掛繩從左臂上要取下時，突然一陣吃疼——我趕緊撩起袖子，我的左手臂上，有著一道帶著淡粉的疤痕。

我割的。

老弟立刻仔細查看左手掌朝上，他的掌心也有一道疤……我們對視著，這絕對不是幻覺！

事情的確發生過，所以這不算時光倒流……或是，只有我們幾個回到十一點前嗎？

「回去有很多事要做。」老弟直接下結論，「今晚先不要想了，我沒有那個腦細胞。」

我茫然的點點頭，總之……現在活著就好？

專屬鈴聲抖然響起，我跟老弟同時打了個寒顫——老媽！

老弟瞬間退避三舍，拼命搖手說他不在……個頭！我爲難的接起電話，眞的是哀莫大於心死。

「喂……老媽？」

「還知道要接電話了？嗄？打一晚上都沒接是怎樣？」

「沒、沒響啊！」我一怔，老媽的不在勿擾模式裡啊！

「我都打幾通了，你們兩個是玩瘋了喔？我問妳，你們去哪個遊樂園玩？」

我狠狠倒抽一口氣，汗毛直豎，說眞格的，現在的感覺比我面對那個電鋸殺人狂還讓我害怕！

「……就、就遊樂園……」我朝著老弟擠眉弄眼，他死都不過來，「啊，老媽，我有個問題想問妳耶！」

「妳不要顧左右而言他，人在哪兒？」

「不是啦，老弟今天跟我提起一件事，很久很久以前，妳說過妳曾經遇過火災？」我朝老弟打手勢，邊往門口走了！「是在哪裡啊？」

手機那頭聲音沉了下來，我們經過鐘樓時，看著眼前筆直寬敞的大道，正門就在眼前，他們是敞開著的，眞令人感動。

「那很久以前的事了啦！」良久，老媽終於出聲，「就是去玩一個莫名其妙的鬼屋……你們是不是在那個限定十日的樂園？」

「什麼？喂？訊號不太好耶！聽不清楚囉……」我手機越來越遠，「我等等再打給妳喔！」

「唐恩羽！」

掛斷手機那一刻，老弟瞠目結舌。

「妳掛老媽電話？」

「她知道我們在哪裡了啦，既然都要被罵，就回去一口氣被罵就好了！」我沒好氣的唸著，「老媽果然是上一個鬼屋倖存者之一。」

「那個阿嬋嗎？」玉舒哇了聲。

「老媽果然厲害！」老弟由衷佩服。

「所以……現在什麼事都沒有了嗎？」玉舒依舊戰戰兢兢。

老弟聳了肩，我也無法回答，一路上看見一堆人衝去鬼屋抱怨跟抗議，也看到可愛的孩子繼續到處要糖，化著恐懼妝容的厲鬼們還指著我們臉上的妝效比讚，但我們都沒停下。

一直到跨出遊樂園大門，才有種鬆一口氣的感覺。

「只能當作沒有了！」我苦笑一抹，「不然也不能怎麼辦了。」

總之，儀式裡沒有等到他們要的人，我們都活著，今天這樣就好。

但我可以很肯定的說，我跟老弟再也不會參加這種抽獎了！

「明天借個空拍機看看，說不定那些溝槽眞的是個陣。」老弟喃喃唸著，正在傳訊息找住在當地的人借。

明天醒來後，要做的事恐怕很多吧？想知道那位老頭子還在嗎？他的兒子、孫子，易偉室友的朋友的朋友……可不能讓他們再試圖舉辦一次萬聖Buffet了。

「回去後，我們找一天去百鬼夜行玩吧。」我拍拍老弟的肩，「總是該去道個謝。」

老弟點點頭，玉舒悄悄紅了臉，我則輕輕將右掌心擱在左手臂上，這粉色的傷疤，仍舊抽痛著。

「我，討厭萬聖節。」我仰頭看著無星星的夜晚。

「我的天哪！不要讓我也討厭聖誕節！」老弟衷心祈禱。

「呸呸呸！閉嘴啦你！你一年是要撞幾次鬼啊！」

「是我的錯嗎？喂！」

男人站在鬼屋塔頂的尖刺上，看著騎車遠去的大學生們，淡淡笑著。

一道黑影由後飛住，瞬間化成人形，可愛青春的小正太就站在斜塔上，他的身邊。

「他們知道了嗎？」

「怎麼可能。」金髮男人幽幽的說著，「就只是一般孩子。」

「……有點倒楣耶！」男孩模樣的孩子望著機車遠去的身影。

「只能說是命，我已經讓他們好好把握時光了。」金髮男人微微一笑，「他們挺有意思的，我不太希望他們受苦。」

「有意思？」男孩歪了頭，「好吃嗎？」

金髮男人笑了起來，看著才一百歲的小吸血鬼，「今晚吃飽了嗎？」

「超飽！大、滿、足！」

「那回去吧！」

剎，連點殘影也無，兩個人就這麼消失在黑夜之中。

遊樂園裡依舊燈火通明，遊客們追逐嘻鬧，電鋸殺人狂拿著電鋸亂掃、木乃伊總是突然冒出嚇人、巫婆拿著掃把在廣場上群舞、喪屍吼吼吼的到處追人、死神揮舞著大鐮刀，遊客們興奮的不停拍照。

「Trick or Treat！」小孩子們開心的包圍住遊客問著，高高舉起籃子。

鬼屋外的抗議聲越來越激烈，但組長們完全聯繫不到高層，他們也是要開幕前進去查看，才發現鬼屋裡根本沒有設置！

只有一個，點滿蠟燭的奇怪空間，中間還有一堆鮮血內臟。

「經理呢？完全聯繫不到啊！」負責鬼屋的組長看著半圓形的祭壇束手無策，正跟其他高層聯繫，「鬼屋根本就沒……根本沒有鬼屋！這就是個殼而已！快點想辦法啊！」

「我們連董事長都聯絡不到，不知道啊！鬼屋是經理全權負責的……」電話那頭的員工也焦頭爛額。

轟的一聲，蠟燭們突發大火似的，炸出大火燄的沖天，下一秒竟燒了起來！

「哇啊！等等！」幾個員工嚇到了，他們趕緊到牆邊拿滅火器，怎麼突然燒起來了！

兩三個人衝到牆邊一拿，卻發現滅火器如此之輕，指節敲敲……塑膠做的？滅火器是假的？這是怎麼回事？

他們紛紛衝出鬼屋，外頭其他同事正在處理抗議群眾，他們得到其他地方去拿滅火器，不然這鬼屋裡全是易燃物，等等燒起來的話絕對阻止不了的！但是他們一從員工通道奔出，身後的門竟砰的關上。

「咦？」組長回頭，丈二金剛摸不著頭腦，「誰關的？」

組員瞠目結舌望著他，「你最後一個耶，組長。」

是啊，他是最後一個，但他沒來得及關門啊……吆喝組員去搬滅火器，他重新感應證件，但嗶嗶聲響再多次，門都無法開啓。

他瘋狂的嘗試，結果正門、出口、員工門，沒有一道門可以開啓。

而鬼屋裡已經燒起，火燄沖天，牆上的字都在融化中，那半圓形的牌位、蠟燭跟著消融，在劈啪聲中，還有著鬼哭神號的求救聲……

『啊啊啊——』

『嗚嗚嗚——』

中間那大鼎中的血液宛若沸騰，噗嚕噗嚕的冒著泡，然後有顆頭，緩緩從裡頭浮起……噗嚕嚕……

「失火了？那是失火了嗎？」遠遠的，在遊樂園裡的遊客，看見了鬼屋方向冒出的黑煙。

「天哪！失火了對吧！？」

鬼屋，又失火了。

後記

【Div（另一種聲音）】

萬聖節到了。

節日系列的第三部，表示節日系列到了尾聲。

爲了紀念這個雖然鬼怪但是其實是非常歡樂的節日，我決定在後記把當時沒有寫下的點子，給記錄下來。

他的名字，叫做小凡。

他在萬聖節這天戴上了面具，喝了酒，來到廣場狂歡，廣場上都是戴著面具的人，有的人是鬼，有的人是南瓜，他原本和幾個朋友一起，玩著玩著，朋友都不知道到哪去了，但他不以爲意，繼續喝酒跳舞。

後來身邊某個人提議，在這裡喝酒不過癮，到街上繼續狂歡，於是小凡跟著一起上了街，不知道哪個人開始，用酒瓶砸了路邊商店的玻璃，他們衝進商店拿了更多的酒，繼續喝繼續作亂。

小凡戴著面具，原本畏縮的他躲在面具底下變得勇氣十足，不，正確來說是釋放了他內心的魔鬼，在辦公室畏縮膽怯的他，在這晚莫名其妙的瘋狂，他想著，反正萬聖節全城都在狂歡，都戴著面具，誰抓得到我？

夜越來越深，直到天空泛白，快要天亮的時候，他滿身酒氣，對著周圍一起狂歡、同樣戴著面具的伙伴說。

「天要亮了，要回去了，我們幹件最瘋狂的事，就是把面具拿下來吧。」

下一秒，他趁著酒意，拉下了頭上的骷髏面具。

然後，所有的人看著他。

圓胖的南瓜怪、毛茸茸的狼人、尖鼻子的巫婆、頭上插著斧頭的蒙面人、少了一顆眼球的殭屍，全都看著他。

沒有人脫下面具。

然後，小凡像是想起什麼似的，伸手摸了殭屍的臉，這空空的眼窩中的血，是真的。

所有的鬼，都是真的。

然後，天光乍現，天亮了。

從此之後，再沒有人見到小凡。

除了萬聖節晚上。

【星子】

我家附近有許多幼教學校，有年萬聖節前後，看到一整隊有高有矮的小蜘蛛人，著實壯觀有趣。

步入中年的我，對於幼稚園的記憶大都零星破碎，像是我記得有次午餐時的奇異肉燥味，把玩水果橡皮擦時的神祕香味。比較清晰的回憶，是躺在女老師腿上，讓老師用髮夾替我挖耳朵，以及午睡時一定要睡在女老師身邊的位置，不准其他小孩霸佔那位置。

我記得有次來了個新同學，是個小妹妹，女老師午休時爲了照顧她，側著躺、背對著我，當時我爲此氣得哭了，現在想想還眞是有趣。

【答菁】

身為一個靈異小說作者，萬聖節跟鬼月一樣，是個難以逃脫的主題！

不過有趣的是，一樣的節日，我們總能想方設法讓它有些不一樣！這一次概念很簡單，就是當萬聖主題遊樂園裡的所有鬼怪都成真的話，會是怎麼樣的慘況呢？

唐家姐弟又很巧的去那個遊樂園玩了，他們兩位近來也跑去百鬼夜行那兒串場了，大家都同一個世界的人，偶爾串門子走走也是理所當然的嘛！

「Trick or Treat？」，當鬼孩子們這樣問你時，到底該怎麼回答呢？

希望大家都能遇到正常可愛的小孩（等等）

最後，感謝購買本書的您，購書才是對作者最實質且直接的支持，沒有您們的購書，作者便無法繼續書寫，萬分感謝、銘感五內！謝謝！

更願2021台灣疫情快點過去，寰宇安寧。

境外之城 123

詭軼紀事・參：萬聖鐮血夜

作　　　者／Div（另一種聲音）、星子、龍雲、笭菁
企畫選書人／張世國
責 任 編 輯／張世國

發　行　人／何飛鵬
總　編　輯／王雪莉
業 務 經 理／李振東
行 銷 企 劃／陳姿億
資深版權專員／許儀盈
版權行政暨數位業務專員／陳玉鈴
法 律 顧 問／元禾法律事務所　王子文律師
出版／奇幻基地出版
城邦文化事業股份有限公司
台北市 104 民生東路二段 141 號 8 樓
電話：(02)25007008　　傳眞：(02)25027676
網址：www.ffoundation.com.tw
e-mail：ffoundation@cite.com.tw
發行／英屬蓋曼群島商家庭傳媒股份有限公司城邦分公司
台北市 104 民生東路二段 141 號11 樓
書虫客服服務專線：(02)25007718・(02)25007719
24 小時傳眞服務：(02)25170999・(02)25001991
服務時間：週一至週五09:30-12:00・13:30-17:00
郵撥帳號：19863813　　戶名：書虫股份有限公司
讀者服務信箱 E-mail：service@readingclub.com.tw
歡迎光臨城邦讀書花園 網址：www.cite.com.tw
香港發行所／城邦（香港）出版集團有限公司
香港灣仔駱克道 193 號東超商業中心 1 樓
電話：(852) 2508-6231 傳眞：(852) 2578-9337
馬新發行所／城邦（馬新）出版集團
【Cite(M)Sdn. Bhd.(458372U)】
11, Jalan 30D/146, Desa Tasik,
Sungai Besi, 57000 Kuala Lumpur, Malaysia.
電話：(603) 90578822　　傳眞：(603) 90576622

封面版型設計／邱哥工作室
排　　版／極翔企業有限公司
印　　刷／高典印刷有限公司
■2021 年（民 110）9 月 30 日初版一刷

售價／340元

國家圖書館出版品預行編目資料

詭軼紀事・參：萬聖鐮血夜 / Div（另一種聲音）、星子、龍雲、笭菁著 .– 初版 .– 台北市：奇幻基地出版；家庭傳媒城邦分公司發行；2021.10（民 110.10）
面：　公分 . –（境外之城：123）
ISBN 978-626-95019-8-4（平裝）

863.57　　110015121

ISBN 978-626-95019-8-4
Printed in Taiwan.

※ 本故事內容純屬虛構，如有雷同，純屬巧合。

廣　告　回　函
北區郵政管理登記證
台北廣字第000791號
郵資已付，免貼郵票

104台北市民生東路二段141號11樓

英屬蓋曼群島商家庭傳媒股份有限公司城邦分公司 收

請沿虛線對摺，謝謝

奇幻基地

每個人都有一本奇幻文學的啓蒙書

奇幻基地官網：http://www.ffoundation.com.tw

奇幻基地粉絲團：http://www.facebook.com/ffoundation

書號：1HO123　　書名：詭軼紀事．參：萬聖鐮血夜

奇幻基地20週年 ‧ 幻魂不滅，淬鍊傳奇

集點好禮瘋狂送，開書即有獎！購書禮金、6個月免費新書大放送！

活動期間，購買奇幻基地作品，剪下回函卡右下角點數，
集滿兩點以上，寄回本公司即可兌換獎品&參加抽獎！
參加辦法與集點兌換說明：
活動時間：2021年3月起至2021年12月1日（以郵戳為憑）
抽獎日：2021年5月31日、2021年12月31日，共抽兩次
奇幻基地2021年3月至2021年12月出版之新書，每本書回函卡右下角都有一點活動點數，剪下新書點數集滿兩點，黏貼並寄回活動回函，即可參加抽獎！單張回函集滿五點，還可以另外免費兌換「奇幻龍」書檔乙個！

【集點處】（點數與回函卡皆影印無效）

1	2	3	4	5
6	7	8	9	10

活動獎項說明：

★ **「基地締造者獎 ‧ 給未來的讀者」抽獎禮**：中獎後6個月每月提供免費當月新書一本。（共6個名額，兩次抽獎日各抽3名）

★ **「無垠書城 ‧ 戰隊嚴選」抽獎禮**：中獎後獲得戰隊嚴選覆面書一本，隨書附贈編輯手寫信一份。（共10個名額，兩次抽獎日各抽5名）

★ **「燦軍之魂 ‧ 資深山迷獎」抽獎禮**：布蘭登‧山德森「無垠祕典限量精裝布紋燙金筆記本」。
抽獎資格：集滿兩點，並挑戰「山迷究極問答」活動，全對者即有抽獎資格（共10個名額，兩次抽獎日各抽5名），若有公開或抄襲答案者視同放棄抽獎資格，活動詳情請見奇幻基地FB及IG公告！

特別說明：

1. 請以正楷書寫回函卡資料，若字跡潦草無法辨識，視同棄權。
2. 活動贈品限寄台澎金馬。

當您同意報名本活動時，您同意【奇幻基地】（城邦文化事業股份有限公司）及城邦媒體出版集團（包括英屬蓋曼群島商家庭傳媒股份有限公司城邦分公司、書虫股份有限公司、墨刻出版股份有限公司、城邦原創股份有限公司），於營運期間及地區內，為提供訂購、行銷、客戶管理或其他合於營業登記項目或章程所定業務需要之目的，以電郵、傳真、電話、簡訊或其他通知公告方式利用您所提供之資料（資料類別C001、C011等各項類別相關資料）。利用對象亦可能包括相關服務的協力機構。如您有依個資法第三條或其他需要協助之處，得致電本公司（(02) 2500-7718）。

個人資料：

姓名：＿＿＿＿＿＿＿＿＿＿ 性別：□男 □女

地址：＿＿＿＿＿＿＿＿＿＿＿＿＿＿ Email：＿＿＿＿＿＿＿＿＿＿

想對奇幻基地說的話或是建議：＿＿＿＿＿＿＿＿＿＿＿＿＿＿＿＿＿＿＿＿＿＿

＿＿＿＿＿＿＿＿＿＿＿＿＿＿＿＿＿＿＿＿＿＿＿＿＿＿＿＿＿＿＿＿＿＿

奇幻基地20週年慶‧城邦讀書花園2021/12/31前樂享獨家獻禮！
立即掃描QRCODE可享50元購書金、250元折價券、6折購書優惠！
注意事項與活動詳情請見：https://www.cite.com.tw/z/L2U48/

FB粉絲團　戰隊IG日常　讀書花園

請剪下右側點數，貼於集點處，集滿兩點即可參加抽獎

1p 2021